마교 부교주가 사는 법

소조 신무협 장편소설

PAPYRUS ORIENTAL FANTASY

마교 부교주가 사는 법 12

초판 1쇄 발행 2023년 4월 18일

지은이 ǀ 소조
발행인 ǀ 신현호
편집장 ǀ 이호준
편집 ǀ 송영규 최종건 정재웅 양동훈 곽원호 조정범 강준석 최성화
편집디자인 ǀ 한방울
영업 ǀ 김민원

펴낸곳 ǀ ㈜ 디앤씨미디어
등록 ǀ 2002년 4월 25일 제20-260호
주소 ǀ 서울시 구로구 디지털로 26길 111 JnK디지털타워 503호
전화 ǀ 02-333-2513(대표)
팩시밀리 ǀ 02-333-2514
E-mail ǀ papy_dnc@dncmedia.co.kr
블로그 ǀ blog.naver.com/gnpdl7

ISBN 979-11-364-4376-2 04810
ISBN 979-11-364-3420-3 (SET)

※ 저자와 협의하여 인지는 붙이지 않습니다.
※ 이 책은 ㈜디앤씨미디어(파피루스)가 저작권자와의 계약에 따라 발행한 것으로 본사와 저자의 허락 없이는 어떠한 형태나 수단으로도 내용을 이용할 수 없습니다.

12

소조 신무협 장편소설

PAPYRUS ORIENTAL FANTASY

마교
부교주가
사는 법

56장. 설득의 방법 ……………………… 7

57장. 입장의 차이 ……………………… 69

58장. 같은 말, 다른 이해 ………………… 133

59장. 분란의 씨앗 ……………………… 195

60장. 내 집을 지켜다오! ………………… 257

56장
설득의 방법

설득의 방법

종남의 제자와 손님으로 온 백도 무인들을 무참히 살해했던 적을 객사에 들인 일이었다.

당장 도요와 맹성이 달려왔다.

자신들의 뜻을 관철시키자면 명교의 비위를 건드려서는 안 되겠지만 이번 일은 아니었다.

방치했다가는 종남을 차지해도 제대로 써먹지 못할 정도의 반발에 직면할 테니까.

그런 까닭에 찾아온 도요와 맹성은 꽤나 강경한 입장이었다.

"있을 수 없는 일입니다!"

"원주인을 잡아먹고 남의 집에 들어앉아 주인인 척하는 건 있을 수 있는 일이고?"

천연덕스러운 교주의 물음에 도요와 맹성의 입이 단숨에 다물렸다.

그런 그 둘에게 교주가 말을 이었다.

"피 묻히고 들어앉았으면 같지 않은 정파 흉내 내지 말고 찌그러져 있어. 괜히 깽판 치고 싶게 만들지 말고."

생각보다 강하게 나오는 교주의 반발에 겁을 먹은 도요를 대신해 맹성이 나섰다.

"이리하시면 어차피 방해가 될 겁니다. 저희를 적으로 두실 생각입니까?"

"적? 네들이 그 정도 수준이 되긴 하고?"

비아냥거리는 것이 분명한 교주의 이죽거림에도 맹성은 발작하지 않았다.

여기서 화기를 해치면 무조건 자신들이 불리하다는 걸 알기 때문이다.

"그래서 정녕 사달을 만들겠다는 뜻입니까?"

맹성의 물음에 교주의 시선이 야율한에게 돌려졌다.

"어쩔래?"

장난 같은 물음이었지만 교주는 여전히 야율한의 결정에 따르겠다는 뜻을 그렇게 내보인 것이었다.

그런 교주에게 야율한이 다가섰다.

"사형 생각은요?"

"솔직히 이놈들이 뭘 하든 우리가 무슨 상관인가 싶다

가도, 이렇게 기어오르는 걸 보면 싹 다 잡아 죽이고 돌아갈까 싶기도 하고. 왔다 갔다 하네."

교주의 답에 맹성의 눈빛은 깊게 가라앉았고, 도요의 표정엔 당황이 들어섰다.

괜히 왔나 싶었기 때문이다.

그런 두 사람을 일별한 야율한의 시선이 이 형에게로 향했다.

야율한의 시선을 받은 이 형은 어깨를 으쓱여 보였다.

"화근덩어리를 데리고 들어온 놈이 무슨 소릴 해. 더구나 결별도 제대로 했고, 그냥 부교주가 하고 싶은 대로 해."

이 형의 말 속에 마음에 걸리는 대목이 들어 있었지만 야율한은 당면한 문제에 먼저 관심을 기울이기로 했다.

종남의 문제부터 결정짓기로 한 것이다.

"우선 벗어나세요. 종남의 장악은 용납하지 못합니다."

"왜…… 입니까?"

맹성의 물음에 야율한이 물었다.

"이곳의 주인이라 할 수 있는 종남의 속가들이 아니라 말하고 있으니까요."

"하지만……."

"설득의 시간은 끝났습니다. 다른 말 필요 없이, 오늘 밤 세력을 거둬 돌아가세요. 내일 아침에도 남아 있다면 피를 봐야 할 겁니다."

단호한 야율한의 말에 맹성의 표정이 어두워졌다.

"후회할 겁니다."

"어리석군요. 다른 사람도 아니고 사형이 있는 앞에서 날 협박하려고 들다니."

이건 또 무슨 소린가 싶었던 맹성의 눈이 커졌다.

언제 다가섰는지 교주의 커다란 손이 그의 목을 움켜잡았기 때문이다.

스스로 현경에 다다른 맹성이 아무런 반항조차 하지 못한 채 목을 내어 주었다는 것이 교주와의 실력 차이를 대변하고 있었다.

그렇게 맹성의 목을 움켜잡은 교주가 사납게 물었다.

"이 새끼가 겁 대가리 없이! 왜? 꼭 죽어서 돌아가야 하겠단 생각이 막 샘솟아?"

"컥컥."

"답을 해. 답을 해야 알지 새끼야!"

"크컥헉."

목을 움켜잡고 내력을 통해 조이고 있으니 답은커녕 숨 쉬기조차 어려워 보이는 맹성의 모습에 야율한이 나섰다.

"놓아 주세요."

"왜? 이 새끼가 감히 널 협박했잖아. 이런 놈을 놓아 보내면 후환만 생겨."

"그렇다고 죽여 보내면 우리가 너무 좁쌀 같잖아요."

"좁쌀?"

"눈에 보이잖아요. 이 형이 있는데 이런 놈들을 버젓이 우리 눈앞에 놓아두고 있다는 건……."

"네들 배포를 보여라?"

"그렇지 않을까요?"

야율한의 답에 교주가 씨익, 이를 내보이며 웃었다.

"그럼 더 망설일 것도 없어. 난 남이 원하는 대로 안 하기로 유명하거든. 크크크."

사악하게 웃으며 교주가 흔들어대는 대로 달랑거리는 맹성의 얼굴이 파랗게 질려 가고 있었다.

두려워서였다기보다 숨을 쉬지 못하는 시간이 길어지고 있었기 때문이다.

그 상황에서도 반항을 못 하는 것은 목을 잡으면서 경혈이 완벽하게 장악당한 탓이다.

경혈을 누르면 내기는 순환하지 않으니까.

거기다 약간의 내력만 주입하면 온몸의 근육도 마비시킬 수 있다. 마치 마혈을 제압당한 것처럼 사지를 쓸 수 없다는 뜻이다.

지금의 맹성처럼.

그렇게 숨이 막혀 죽어 가는 맹성을 바라보며 야율한이 말했다.

"사형 생각은 알아요. 그래도 전 사형이 배포 넓은 사람으로 세상에 알려졌으면 좋겠어요."

"배포 넓은 사람으로?"

"네."

야율한의 답에 잠시 그를 지그시 바라보던 교주의 손이 풀렸다.

"허억, 헉헉헉."

드디어 숨을 쉴 수 있게 된 맹성이 허리를 굽히고 다급히 숨을 내쉬었다.

그런 그를 바라보며 교주가 말했다.

"내 사제가 이 사형의 배포가 넓은 걸 보고 싶다 하니 살려 보낸다. 아마 저 속내엔 다른 뜻이 있겠지만 뭐, 그게 뭐든 내 사제가 원하는 것이라니 따르는 것이다. 그러니 가서 숨도 아껴 쉬며 살아라. 다시 건방지게 혓바닥을 놀리면 그곳이 어디든 쫓아가세 네놈의 혀를 뽑아 버릴 테니까."

살벌한 말을 던져놓고 교주가 물러서자 야율한이 나섰다.

"사형의 말씀대롭니다. 솔직히 배포가 큰 것을 보여 주기 위해서가 아니라, 더는 불필요한 피를 보고 싶지 않기 때문에 놓아 보내는 것이니까요. 그러니 그대의 주인에게 전하세요. 명교를 더는 자극하지 말라고 말입니다."

그 말을 끝으로 관심을 끊어 버리는 야율한의 뒤를 이어 이 형이 마지막으로 나섰다.

"가. 밤을 기다릴 것도 없어. 이곳을 나가는 즉시 애들 걷어서 돌아가."

이 형까지 축객령을 내린 셈이었다.

그런 상황에서까지 버틸 수 없었는지 도요가 눈치를 보며 아직도 머뭇거리는 맹성을 끌고 나갔다.

그렇게 도요와 맹성이 나가자 이 형이 교주와 야율한을 바라봤다.

"묻고 싶을 것이 있을 거야. 물어. 숨김없이 답해 줄 테니까."

이 형의 말에 교주와 눈을 마주친 야율한이 나섰다.

"누굴 만나신 듯합니다만."

"놈이 왔었어. 지금 나간 놈들의 수장이자, 내 등에 칼을 꽂은 거지발싸개 같은 친구 놈이."

이 형이 말하는 이가 누구인지 야율한은 대번에 알아차렸다.

"그냥 갈 것 같더니 결국 찾아갔군요."

야율한이 무엇을 말하는지 알아차린 교주의 눈이 커졌다.

"너도 만났어?"

"예. 종남산 정상에 있을 때 찾아왔더군요."

"이런! 별일 없었고?"

"네."

하긴 그러니 지금 이 자리에 멀쩡한 모습으로 서 있겠

지 싶었던 교주가 순순히 고개를 끄덕였다.

"위험하게. 다음부턴 그런 일이 있으면 곧바로 이 사형을 불러!"

"네, 사형."

순순히 답하는 야율한이나, 그 답을 듣는 교주나 그러지 않을 것이라는 걸 안다.

알면서도 그리 말하고, 답하는 것은 그렇게 덧없는 말이라도 하지 않을 수 없는 교주의 걱정을 야율한이 아는 까닭이었다.

그런 두 사람을 바라보며 이 형이 입을 삐죽거렸다.

"이거야 원, 사형제 없는 놈 서러워 살겠나."

"아쉬우면 제자라도 하나 키워 보든가."

교주의 핀잔에 이 형이 어깨를 으쓱여 보였다.

"이 빌어먹을 무공을 누군가에게 전수할 생각은 없어. 보기엔 그저 그래 보여도 익히긴 죽는 게 더 나을 정도로 힘들거든."

이 형의 투덜거림에 교주도 야율한도 호응하지 않았다.

그저 그런 무공이 아니라는 것을 알기 때문이다.

그리고 그렇게 강력한 무공을 익히는 과정이 쉬울 리 없다는 것도 충분히 짐작 가능했고.

그런 까닭에 아무 말도 없는 두 사람에게 이 형이 말을 이었다.

"부교주는 만나 봤다니까 알겠지만, 솔직히 막 죽여 버리고 싶은 인간은 아니지?"

"그렇긴 하더군요. 해서 저들을 그냥 두었으면 했던 이 형의 마음을 조금은 이해했었습니다."

"그런데 왜 마음을 바꾼 거지?"

자신도 궁금하다는 듯 이 형의 질문을 받은 야율한을 물끄러미 바라보는 교주를 마주 보며 답했다.

"본래의 주인들이 결정을 내렸으니까요. 자신들 만으로라도 본래대로 돌려놓겠다고 말입니다."

"종남의 속가제자들 이야긴가?"

"예. 머뭇거렸다면 그냥 두었겠지만 결국 어떻게든 해결 보겠다고 나섰다면, 도와야 할 책임이 있다고 판단했습니다."

야율한의 답에서 '책임'이라는 단어가 나왔기 때문인지 교주가 혀를 찼다.

"쯧. 책임 따위 안 져도 된다니까."

"제 이름에 명교가 따라붙고, 사형의 이름이 거론됩니다. 그러니 무책임하다는 소리는 들을 수 없습니다."

야율한의 답에 슬쩍 미소 지은 교주가 이 형을 돌아봤다.

"넌 등에 칼 꽂는 더러운 친구는 있어도, 저런 사젠 없지?"

교주의 놀림 같은 물음에 이 형이 입을 삐죽였다.

"빌어먹을!"

명교가 결정을 내리고 도요와 맹성에게 통보한 직후, 갈상문이 찾아왔다.

종남을 도울 것인지에 대한 답은 자시까지 못을 박아 놨으니 추가로 설득하기 위해 찾아온 것은 아니었다.

그도 객사에 들어앉은 유랑의 문제 때문에 다시 찾아왔던 것이다.

찻잔과 다과를 놓고 천연덕스럽게 앉아 이 형과 노닥거리고 있는 유랑을 힐긋 일별한 갈상문이 야율한에게 말했다.

"감내하기 어려운 결정을 내리신 겁니다."

"압니다."

"아신다면서 왜……?"

"명교는 종남과 사는 방식이 다릅니다. 그러니 다른 걸 틀리다 말하지 않으셨으면 합니다."

"무슨 뜻으로 하는 말씀인지는 알겠습니다. 하지만 손님으로 오신 이상, 주인의 입장을 감안해 주시길 청합니다."

갈상문의 말에 대번에 눈에 쌍심지를 켠 교주가 나서려는 것을 야율한의 음성이 서둘러 가로막았다.

"이해합니다. 해서 우리도 돌아갈까 합니다."

야율한의 말에 갈상문의 표정이 굳었다.

"결국 도와주지 않으실 생각이군요."

"우린 내일 아침에 돌아갈 겁니다."

"아침…… 입니까?"

아침이 중요했던 것은 갈상문이 시한으로 못을 박은 시각이 자시(밤11시~오전1시), 그러니까 오늘 밤이었기 때문이다.

그런 까닭에 의미심장한 눈빛으로 자신을 바라보는 갈상문에게 야율한이 말했다.

"네. 아침입니다."

"그럼……?"

기대 어린 눈빛인 갈상문에게 야율한이 답했다.

"그쪽이 말한 자시는 아닐 겁니다."

"그 말씀은……?"

여전히 확답을 원하는 갈상문에게 야율한이 말했다.

"내일 아침에 우린 떠납니다. 그것 외에는 지금은 아무것도 드릴 말씀이 없습니다."

야율한의 답에 다소 아쉬운 표정을 지어 보였지만 갈상문은 그대로 돌아갔다.

유랑의 문제는 처음을 제외하고는 거론조차 되지 않았다.

자신들을 도울지도 모르는 야율한의 심사를 괜히 건드려서 일을 파탄 내고 싶지 않았기 때문이다.

그렇게 갈상문이 나가자 교주가 다가왔다.

"저 계집을 달고 갈 생각이야?"

"따라나선다면요."

"나야 상관없지만 넌 아닐 텐데?"

"예?"

의아하게 묻는 야율한에게 교주가 어깨를 으쓱여 보였다.

"뭐, 모른다면 겪어서 알아가는 것도 좋겠지."

그 말을 끝으로 입을 다문 교주를 야율한이 의아하게 바라볼 뿐이었다.

* * *

중무장한 속가제자들이 모여 꼴딱 지새운 밤이 지나고 해가 떴다.

'아침' 운운한 야율한의 말 때문에 갈상문을 비롯한 종남의 속가제자들은 자시에 행동에 나서지 않았다.

자신들만으로 행동에 나선다는 것이 어떤 결과를 가져올지 너무나 잘 알고 있었기 때문이다.

그런 까닭에 계획과 달리 아무 일도 없어 지나간 종남의 밤을, 싱그러운 아침 햇살과 요란스러운 새소리가 밀어냈다.

각양각색의 새소리로 가득한 종남의 경내가 왠지 다른 날들과 달리 고요했다.

그러고 보니 아침 식사 하라는 종남파 제자들의 목소리도 들려오지 않았다.

가능한 명교의 고수들과 가까운 곳에 있느라, 종남파 건물 중 가장 외곽에 위치한 객사 근처의 전각에 머물던 속가제자들의 표정에 의문이 든 것도 무리는 아니었다.

결국 갈상문은 몇몇이 속가제자들을 내부 깊숙이 들여보냈다.

잠시 후, 헐레벌떡 달려온 그들은 종남파 내부가 텅텅 비어 있다고 보고했다.

그 이야기를 들은 갈상문을 비롯한 수뇌급 속가제자들이 종남파 내부로 달려 들어갔다.

그렇게 점점 소란스러워지는 종남파를 야율한을 비롯한 명교의 사람들이 조용히 떠났다.

하지만 갑작스러운 사태에 놀란 종남의 속가제자들과, 웅성거리며 종남파의 내부를 기웃거리던 백도 인사들은 그것을 전혀 알아차리지 못했다.

* * *

만겁사황은 뭍에서 전해지는 소식에 촉각을 곤두세우고 있었다.

유랑의 모습을 한 그녀가 뭍으로 올라갔으니 이제 피와

죽음이 만연할 것이고, 그에 대한 소식이 줄기차게 이어져 올 것이라 생각했기 때문이다.

아니나 다를까, 그녀를 실어 날랐던 배에서부터 시작해서 자신들이 목적지로 지목한 종남까지 소소한 혈사에 대한 이야기가 줄기차게 이어졌다.

한데 그게 종남에서 뚝 끊어졌다.

살아남은 것 하나 없이 모조리 죽여 버려서 소식이 전해지지 않는 건가 싶어서 사람까지 들여보내 확인한 만사검황은 생각지 못한 보고를 받았다.

〈종남파 건재. 내부적 문제는 있어 보이나 여전히 종남은 활기차게 움직여지고 있음.〉

산동에 세력을 형성하고 있는 해남검문의 무인이 보내온 보고였다.

문주를 비롯한 장로들을 쓸어버린 이후, 해남검문은 완벽하게 만사검황의 손에 쥐어졌다.

그 일을 가볍게 처리한 것도 제 문사라 불리는 제갈기연의 덕이었다.

무림맹을 실질적으로 움직였던 군사 출신답게, 그는 문주와 장로들의 대부분이 일순간에 사라진 해남검문을 별다른 잡음 없이 완벽하게 장악했던 것이다.

물론 그 와중에 몇몇 반발이 터져 나왔지만 깔끔하게 해결되었다.

 그렇다고 만사겁황이 직접 나섰던 것도 아니었다.

 제 문사는 만사겁황에게 절대적으로 충성하는 강신인들을 움직여 간단히 반발세력을 꺾어 버렸던 것이다.

 그래서인지 해남검문은 완벽하게 만사겁황의 지휘 아래 놓여 있었다.

 그러니 산동에서 날아온 보고가 조작될 이유도 없었다.

 그것이 만사겁황의 뇌리를 복잡하게 만들고 있었다.

 "분명히 종남으로 들어가는 것까지는 확인이 되었는데 여전히 잘 돌아간다고?"

 자신의 상식으로는 도무지 이해되지 않는 현실에 골머리를 싸매고 있던 만사겁황을 제 문사가 찾아왔다.

 "내일부터 하루에 만드는 강신인 수를 조금 늘려 볼까 합……무슨 문제가 있습니까?"

 온전히 협력하기로 결정한 이래 공대를 하기 시작한 제 문사의 물음에 만사겁황이 답했다.

 "그년 말이야. 흔적이 없다네."

 "그년…… 유랑 말입니까?"

 "그래. 그년 속에 들어간 년."

 "종남으로 보내신 것으로 압니다만."

 "그래. 내가 그리로 가라고 했지. 그곳에서 재미난 일이 벌어질 거 같다고."

"그럼 종남을 확인해 보시면……."

제 문사의 말은 더 이상 이어지지 못했다.

산동에서 날아든 보고서를 만사겁황이 제 문사의 눈앞으로 들이밀었기 때문이다.

그걸 읽은 제 문사가 물었다.

"다른 곳으로……."

이번에도 제 문사의 물음은 완성되지 못했다.

고개를 내저으며 만사겁황이 답했기 때문이다.

"주변에 남은 혈사의 흔적들 상, 그년은 분명히 종남으로 들어갔어. 그런데도 종남이 멀쩡하다니 의아한 거지."

만사겁황의 말에 다시 보고서를 들여다보던 제 문사가 말했다.

"내부적 문제가 있어 보인다는 데, 이게 무슨 문제인지 확인해 봐야 할 것 같군요."

"그래?"

"네. 이 부분을 알면 판단을 하는 데 조금 더 도움이 될 겁니다."

"그럼 빨리 알아봐."

"그렇게 하죠. 그리고 하루에 만들어 내는 강신인의 수를 늘렸으면 합니다."

"왜? 부교주를 만나면 소용없어질 거라고 큰 의미를 부여하지 않더니."

"적에게 붙는 건 강신인이 아니더라도 일어날 수 있는 일이라는 생각이 들어서요."

능수능란한 수단으로 해남검문을 장악하고 있다지만 그게 쉬운 일은 아니었던 것이다.

여전히 해남검문 내부에서는 여러 가지 생각이 굴러다 녔고, 그만큼 여러 파벌이 생겨나고 있었기 때문이다.

제 문사의 답에서 그런 속내를 읽어 낸 만사겁황이 물었다.

"두말없이 따를 이들이 필요하다는 소린가?"

"나중에 벌어질 문제가 같다면 중도에라도 문제가 덜 일어나는 쪽이 쉬운 법이니까요."

"네 생각이 그렇다면 원하는 대로 해. 해남검문을 다 뒤집어엎든, 강신인으로 도배를 하든, 그도 아니면 생강 시로 만들든 난 상관없으니까."

역시 해남검문을 차고앉아 자신의 세력으로 만들 생각 이 아니라, 쓰고 버릴 것이라는 걸 확인한 제 문사가 고개를 끄덕였다.

"알겠습니다. 군도패를 이용해 일백군도의 민초들을 더 투입해 강신인의 수를 늘리겠습니다."

"……."

묵묵히 고개를 끄덕여 보이는 만사겁황을 확인한 제 문

사가 나갔다.

그렇게 그가 나가자 만사접황이 중얼거렸다.

"저놈도 잘 이용해 먹고 치워야 할 텐데……."

중얼거림 끝에 그려지는 만사접황의 미소가 서늘하게 비틀려 올라갔다.

* * *

야율한은 종남에서 교주가 했던 말의 뜻을 명교로 귀환한 지 반나절 만에 깨달았다.

꽉 닫힌 채, 열릴 줄 모르는 서각의 방문 앞에서 말이다.

"정말 나랑 아무런 사이도 아니오."

벌써 한 시진째 꽉 닫힌 문 앞에서 함께 돌아온 유랑과의 관계를 설명하고 있는 야율한은 난감했다.

처음엔 이렇지 않았다.

단지 함께 돌아왔다고 의심의 눈초리를 보낼 정도로 남궁희연은 투기심이 깊은 여인이 아니었으니까.

하지만…….

〈우와, 오빠 집 넓네. 역시 오빠 따라오길 잘했어. 책임진다고 하더니 다 그럴 만한 능력이 되는구나!〉

오빠, 책임.

이 두 단어가 여러 가지 의미로 해석될 수 있다는 것을 거칠게 닫힌 서각의 방문을 보고서야 깨달았다.

그 뒤로 며칠간, 별의별 말을 다 동원했지만 좀처럼 해결의 실마리가 풀리지 않았다.

결국 야율한은 당사자를 데려와 해명하도록 하는 방법뿐이 없다고 결론지었다.

그렇게 야율한의 손에 이끌려 온 유랑은……

"난 아무래도 상관없어. 날 책임지기만 하면 되거든. 그러니까 방문 열어. 네 남자 빼앗진 않을 테니까."

완벽한 것은 아니었지만 나름 해명이 되었다고 생각한 야율한은 웃으며 유랑을 돌려보냈다.

그리고.

"들었겠지만 남궁 소저. 정말 저 여인과는……."

드르륵!

드디어 열린 문 앞에 서서 꽉 다문 입술을 바르르 떨며 남궁희연이 말했다.

"여인을 책임지신다는 게 어떤 뜻인지 모르시나요?"

"그, 그게……."

"정실과 첩실의 문제가 아니랍니다! 그리고 우린 아직 정식 성혼도 하지 않았다고요!"

주르륵.

끝내 눈물까지 흘리는 남궁희연의 모습에 노란 야율한이 어쩔 줄 몰라 하는 사이 문이 다시 닫혔다.

탁!

"소, 소저……."

닫힌 문을 향해 힘없이 중얼거리는 야율한의 어깨가 축 쳐져 보였다.

그런 그를 서각 정문에 기대어 바라보던 파극이 곁에 서 있던 철마에게 손바닥을 펼쳐 내밀어 보였다.

"내놔."

"아, 이건 아니라고 생각했는데. 부교주님 생각보다 사낼세."

투덜거리며 철마가 내밀어진 손바닥 위에 은자를 올려놓자 파극이 씨익 웃어 보였다

"내가 그랬잖아. 사내가 여자를 제 집으로 데리고 가면서 책임 운운할 땐 다 엉큼한 속내가 있는 거라고."

"하, 이거야 원 참."

다시금 돌아보는 철마의 표정엔 믿기지 않는다는 표정이 역력했다.

그런 둘을 바라보며 피식 웃은 이 형이 힘없이 서각을 물러나는 야율한에게 다가섰다.

"부교주가 당면한 문제를 내가 해결해 줄까?"

"방법이 있습니까?"

대번에 눈을 반짝이는 야율한에게 이 형이 가까이 다가서서 은근한 음성으로 말했다.

"있으니 하는 말이지. 물론 맨입으로는 아니고."

"방법만 있다면, 제가 해 드릴 수 있는 건 모두 해 드리겠습니다."

"그렇다면, 나 술 좀 구해 주게. 이놈의 동네는 모조리 독한 죽엽청주 아니면 탁한 황주뿐이니. 향 좋고 부드러운 술이면 종류는 상관없네."

"단지 그뿐입니까?"

"그뿐? 착잡한 마음에 술 한 잔 생각이 가득한데, 온통 독주뿐이면 그게 얼마나 괴로운 일인지 아는가?"

"알겠습니다. 마련해 보죠. 그러니 방법을……?"

야율한의 물음에 이 형이 물었다.

"약속은 지키겠지?"

"확실히 지키겠습니다. 며칠 안에 가져다드리죠."

"좋아. 그럼 믿고 알려 주지."

이후에 무슨 이야기가 전해졌는지 이 형의 전음을 들은 야율한의 눈이 커졌다.

그런 야율한에게 이 형이 씨익, 의미심장하게 미소 지었다.

"어때, 간단하지. 더구나 일거양득 아닌가! 크크크."

자신이 건넨 방법이 꽤나 마음에 드는지 득의의 미소까

지 짓는 이 형을 바라보는 야율한의 고개가 끄덕여졌다.

그도 가능성이 있다고 생각한 것이었다.

오래 기다릴 생각이 아니었던 듯, 야율한은 곧바로 이 형이 제시한 방법을 들고, 교주를 찾아 달렸다.

모처럼 오랜만의 수련에 빠져 시간 가는 줄 모르고 있던 교주가 갑자기 찾아온 야율한의 말에 눈을 크게 떴다.

"누구랑, 뭘 하라고?"

"성혼 말입니다."

야율한의 답에 교주가 어이없이 물었다.

"성혼이라니 무슨 뜬금없는, 더구나 누구? 그 미친년이랑?"

"응? 어디 미친년 있어?"

품에 당과와 한과를 잔뜩 끌어안은 채, 교주의 거처로 들어서던 유랑의 물음에 교주의 눈썹이 대번에 팔자를 그렸다.

"너 또 산아래마을 가서 쓸어 담아 왔지!"

"산아래마을 아냐!"

"그럼 그런 게 어디서 나!"

"산아래마을에서 조금 더 나가니까 마을이 하나 더 있던데."

"설마 둔전마을까지 나갔었단 소리야?"

"거기가 둔전마을이야? 하긴 밭이 넓긴 하더라. 그래

서 그런지 사람도 더 많고, 주전부리도 거기가 더 많더라. 네 이름 댔더니 그냥 막 주던데. 역시 책임질 줄 아는 멋진 남자야."

야율한을 향해 한쪽 눈까지 감았다 뜨는 유랑의 모습에 교주가 투덜거렸다.

"저런 거랑 뭘 하라고? 나랑 네 이름 팔고 다니면서 술과 밥 처먹는 건 둘째 치고, 코 묻은 애들 당과랑 한과까지 뺏어 온다고!"

"뺏은 거 아냐! 그러면 여기 오래 못 있는다고 하도 이 형이란 자식이 떽떽거려서 잘 설득해서 양보 받아 온 거지."

"설득? 왜, 또 손모가지 잘라 버린다고 했니?"

"그건 저번에 한 번뿐이고! 이번엔 진짜로 설득했다고."

"도대체 뭐라고 했는지 어디 들어나 보자."

전혀 믿지 않는 눈치인 교주의 물음에 유랑이 씩씩하게 답했다.

* * *

"안 주면 쟤한테 이른다고 했지."

유랑의 손가락은 야율한을 가리키고 있었다.

둔전마을에 사는 이들 치고 야율한에게 마음의 빚을 지지 않은 이가 없다.

그들에게 야율한의 이름을 팔아서 하지 못할 일은 사실상 아무것도 없다는 뜻이다.

하물며 한과나 당과 따위.

와락 눈가를 찌푸린 교주가 유랑의 뒤를 따라 힘없이 걸어 들어오던 혈검대주를 노려봤다.

"저게 그 따위 사고를 치고 있는데 넌 뭐 했어?"

교주가 화를 내는 것은 유랑에게 호위 겸 길잡이로 붙여 둔 것이 혈검대주였기 때문이다.

유랑을 위해서는 아니었다.

드센 명교의 무인들이 겁 없이 덤볐다가 목이 날아갈까 걱정되었던 것이니까.

다른 이들도 많은 데 교주가 혈검대주를 붙여놓았던 것은 자신의 곁에서 지내며 어지간한 협박이나 구박엔 꿈적도 하지 않을 간담을 키웠다고 믿었기 때문이었다.

한데…….

"막으면 죽여 버린다고 해서……."

그 말을 던지는 유랑의 눈빛은 정말 무서웠다. 진심이 담겨 있었기 때문이다.

교도를 지키는 일이라면 혈검대주도 미련 없이 목숨을 걸 수 있었다.

부교주가 다시 강호행을 시작하며 바뀐 명교는 그런 일을 우선시하게 되었으니까.

하지만 지켜야 하는 것이 아이들이 들고 있던 침 묻은 당과나 한과, 또는 저자의 장사치들이 파는 술과 국밥이라면…….

굳이 혈검대주가 변명을 입에 담지 않았지만 교주도 '끝까지 지켰어야지'라는 말은 하지 않았다.

그도 당과나 한과 따위와 혈검대주의 목숨을 바꿀 생각은 전혀 없었으니까.

대신.

"저런 거랑 무슨…… 이제 알겠지. 네가 얼마나 엉뚱한 생각을 하고 있었는지!"

단호한 교주의 말에 야율한의 표정이 난감해졌다.

그런 야율한의 표정을 지그시 들여다보던 교주가 아예 칼을 검집에 넣고는 다가왔다.

"왜? 내가 꼭 쟤랑 성혼해야 하는 이유라도 있는 거야?"

"그게…… 남궁 소저의 의심이 좀처럼 풀리지 않아서요."

야율한의 답에 관심을 보인 것은 교주가 아니라 유랑이었다.

"어! 나 성혼해? 누구랑?"

뜻밖에도 성혼에 관심을 보이는 유랑에게 교주가 투덜거렸다.

"너랑 성혼 안 해! 지금까지 뭘 들은 거야!"

"나도 너랑은 안 해!"

바락바락 답을 한 유랑이 언제 화를 냈나 싶게 부드러운 표정으로 야율한의 곁으로 다가섰다.

"네가 원한다면 난 준비됐어."

유랑의 말에 어이없는 표정으로 입을 떡 벌린 야율한은 아무 말도 하지 못했다.

그런 두 사람을 번갈아 바라보며 교주가 고개를 내저었다.

문제는 그 모습을 혈검대주만 지켜본 게 아니었다는 점이었다.

교주의 거처나 부교주의 거처, 거기다 서각의 잡무를 돌보아주는 이들이 존재했다.

대부분 산아래마을에 사는 이들의 가족인 그들이 세 사람의 대화를 고스란히 지켜보았던 것이다.

바람보다 빠른 게 소문이라던가?

교주의 거처에서 세 사람의 대화가 이루어진 지 한 시진도 지나기 전에 소문은 둔전마을까지 갔다가, 다시 본성으로 되돌아왔다.

알겠지만 소문은 번져 나가는 거리 만큼이나 살이 붙여지고, 종래엔 원래의 소문과는 전혀 다른 모습으로 등장하는 법이다.

이번의 소문도 마찬가지였다.

헐레벌떡 달려 들어온 목화혈의 음성이 부교주전 연무장을 울렸다.

"그거 들었어?"

"뭔데 또 그렇게 호들갑이야?"

시큰둥한 한도혈의 물음에 목화혈이 답했다.

"부교주님하고 교주님이 여자 하나를 두고 싸웠데."

목화혈의 답에 기합성이 가득하던 연무장이 찬물을 뒤집어쓴 듯 삽시간에 조용해졌다.

그렇게 조용해진 가운데 한도혈이 고개를 저었다.

"무슨 그런 말도 안 되는……."

"목격자가 한둘이 아니라고. 혈검대주도 그 자리에 있었다는데."

목화혈의 말이 끝나기 무섭게 마치 짜기라도 한 것처럼 어깨가 축 처진 혈검대주가 들어섰다.

그를 발견한 이들이 우르르 몰렸다.

"마침 잘 왔다. 이야기 좀 해 봐. 교주님하고 부교주님이 다퉜다는 건 무슨 소리야?"

철마의 물음에 혈검대주가 답했다.

"싸운 건 아니고, 그저 의견충돌이 조금 있으셨지."

"여자 문제로?"

철마의 물음에 혈검대주가 고개를 끄덕였다.

"여자…… 유랑님도 여자이긴 하니까, 그렇다고 볼 수 있긴 하지."

혈검대주의 고개가 끄덕여지자 긴장된 표정으로 듣고

만 있던 목화혈이 목소리를 높였다.

"그것 봐! 내 말이 사실이지!"

목화혈의 음성이 메아리치는 연무장에서 사람들끼리 술렁이기 시작했다.

그런 이들을 바라보는 혈검대주는 그게 이리 놀랄 일인가 싶은 표정이었다.

일이 커지려면 생각지 못한 곳에서 문제가 곪는 법이다.

아무리 말 전하기 좋아하는 아낙들이라고는 해도, 당사자에게 해도 좋을 말, 하지 말아야 할 말 정도는 가릴 줄 안다.

서각의 일을 돕던 아낙들도 마찬가지였다.

문제는 남궁희연이 듣는 줄 모르고 자신들끼리 수군거리는 것까지는 조심하지는 못했단 것이었다.

그 말을 모두 들은 남궁희연의 표정이 딱딱하게 굳어가고 있었다.

아낙들의 말만을 신봉할 수는 없다는 것쯤은 남궁희연도 알고 있었다.

대체로 아낙들 사이에 도는 소문의 절반 이상은 헛소문이었으니까.

그러니 그 말만으로 무언가 결정을 내릴 수는 없었던 남궁희연이 그나마 자신과 가까웠던 파극을 청했다.

남궁희연이 찾는다는 말에 황급히 달려온 파극은 마치 자신이 무슨 죄를 지은 양, 안절부절못했다.

그 모습에서부터 불안했던 남궁희연은 애써 침착하려 애를 쓰며 물었다.

"요사이 교내에 이상한 소문이 하나 돌던데, 사실인가요?"

"그, 그것이…… 죄송합니다. 주모! 주군께서 사형과 싸워 쟁취하려 들 정도로 여인을 밝히는 줄은 미처 몰랐습니다."

마치 자신의 죄인 양, 고개를 푹 숙인 채 답하는 파극의 말에 남궁희연은 눈을 꾹 감았다.

"심각한가요?"

"아직 피는 안 보신 모양입니다만, 워낙 두 분 성품이 강직하셔서. 저희도 걱정하며 지켜보고 있는 중입니다."

"두 분을 화해시킬 만한 방법이 있을까요?"

"감히 소인이 뭐라 말씀드릴 수 없는 일이라…… 혹시 이 형이라면 모르겠습니다만."

"이 형이라면, 최근에 명교에 몸을 담으신 분 말씀인가요?"

"예. 교주전에서 기거하고 계신 분 맞습니다."

파극의 답에 남궁희연이 물었다.

"특별히 그분은 중재가 가능하다고 생각하는 이유가 있으신가요?"

"교주님이나 부교주님과 동급의 고수이시니까요."

설득의 방법 〈37〉

정확히는 그보다 윗줄의 고수였지만 그걸 굳이 사실대로 까발릴 필요는 없었으니까.

파극의 답에 잠시 고민하던 남궁희연의 고개가 끄덕여졌다.

"그렇군요. 하면 그분을 제가 좀 뵐 수 있을까요?"

"알겠습니다. 곧바로 주모의 말씀을 전하겠습니다."

"부탁드려요."

남궁희연의 답에 고개를 조아려 보인 파극이 서둘러 움직였다.

그도 교주와 부교주가 충돌하는 건 바라지 않았으니까.

술을 구하러 이곳저곳을 기웃거리다 결국 질 나쁜 죽엽청주 한 병을 구해 돌아오는 길에 파극으로부터 전갈을 받은 이 형은 그길로 서각으로 향했다.

서로의 인사가 지나가고, 남궁희연으로부터 물음을 받은 이 형은 꽤나 놀란 눈을 감추지 못했다.

"싸웠답니까? 유랑을 사이에 두고!"

"모르셨던 모양이군요."

"예. 잠시 뭘 구할 것이 있어 산아래마을에 다녀오느라…… 근데 정말 둘이 싸웠답니까?"

"믿기지 않으시나 보군요. 저도 그래서 알아봤습니다. 목격자가 한둘이 아니더군요."

다른 사람도 아니고 남궁희연의 말이었기 때문인지 이 형은 놀란 와중에도 믿을 수밖에 없었다.

"하, 이거 참. 관심 없는 줄 알았더니 아니었나."

혼잣말을 중얼거리는 이 형에게 남궁희연이 물었다.

"두 분의 사이가 갈라지면 안 됩니다. 도와주실 수 있으시겠어요?"

"여자가 문제라면 그 원인을 해결하기 전에는 어렵지 않겠습니까?"

이 형의 답에 잠시 갈등하던 남궁희연이 결심을 굳혔던지 입술을 깨물고는 답했다.

"받아들일 겁니다."

"받아들인다 하심은?"

"책임지마, 약속을 하고 여인을 데리고 오셨으니 그분의 뜻에 따라야겠지요."

"그 말씀이 무엇을 뜻하는 것인지 아십니까?"

이 형의 반문에 남궁희연의 고개가 천천히 끄덕여졌다.

"네. 압니다."

답하는 남궁희연의 눈가에 촉촉하게 어린 물기를 발견한 이 형이 착잡한 음성으로 중얼거렸다.

"아무리 투기가 죄라는 세상이긴 하지만, 아직 정식 성혼도 올리지 않은 낭군의 첩이라니 참……."

이 형의 음성이 무겁게 가라앉는 서각이었다.

서각을 물러 나온 이 형이 먼저 만나 사람은 교주도, 부교주도 아닌 유랑이었다.

이 형이 부른다는 말에 쫄래쫄래 나선 유랑이 기대 가득한 음성으로 물었다.

"뭔데? 이번엔 어디 괜찮은 술집이라도 찾았어?"
"그런 거 아니고. 너 정말 시집갈 생각이야?"
"시집? 성혼 말이야?"
"그래."
"가라면 가고."
"남의 일이냐, 네 일이야."
"알아, 내 일인 거."
"그런데 왜 그리 시큰둥해?"
"남녀가 뒹구는 건 나도 나쁘지 않으니까."
"뒹구는…… 그런 게 성혼이 아니잖아!"
"아니긴 뭐가 아니야. 성혼이 뭐 별건가, 남녀가 합법적으로 한방에서 뒹굴면 그게 성혼이지."

여전히 시큰둥한 유랑의 답에 이 형이 다소 높아진 음성으로 말했다.

"그런 육체관계만으로 설명될 수 있는 게 아니잖아!"
"같아! 내겐."

"뭐?"

의아하게 바라보는 이 형에게 유랑이 답했다.

"그것 말고는 사내한테 기대하는 게 없으니까 나한텐 같다고."

"어째서 기대하는 게 없다는 소리지?"

"나보다 약한 놈한테 뭘 바라."

유랑의 물음에 이 형은 마치 한대 얻어맞은 듯한 느낌이었다.

"싸움하냐? 성혼한 남편을 무슨 실력 운운해서 평가해."

"그럼 뭐로 평가하는데?"

"그야 능력……."

"거봐. 역시 실력이 문제인 거지."

유랑의 말에 이 형의 입이 다물렸다.

그런 이 형에게 유랑이 물었다.

"그래서 누구로 정했데. 난 교주라는 놈이나 부교주란 놈이나 둘 다 상관없는데."

천하태평인 유랑의 얼굴을 바라보는 이 형은 세상이 모두 무너진 표정이었던 남궁희연을 비교하지 않을 수 없었다.

'이건 아니잖아.'

결국 이 형은 아무런 답을 하지 못했다.

이 형에게서 답을 얻지 못한 유랑은 다시 수련에 매진하는 교주의 옆에서 연신 한숨을 내어 쉬고 있던 야율한을 찾아갔다.

그냥 그러려니 했던 일이 자꾸 입에 오르내리니 서둘러 끝을 내야 하겠다는 생각이 들었던 것이다.

까짓것. 집주인들이 자신의 몸을 탐하는 모양 같으니 그게 의탁한 대가라면 치러 버리자는 생각이었던 것이다.

하긴 동경을 들여다보면 그녀가 차지하고 들어앉은 유랑이라는 이 몸의 얼굴도 반반했으니까.

"하여간 사내새끼들이란……."

자조 어린 웃음에 조용히 투덜거린 유랑이 저만치 앉아 한숨을 내어 쉬고 있는 야율한에게 다가섰다.

"결론 났어?"

"무슨 결론 말입니까?"

"나랑 성혼할 사람."

유랑의 음성이 작지 않아서였는지 저만치서 수련을 하던 교주의 검이 삐딱, 어긋났고, 야율한의 표정에 어이없음이 들어섰다.

그런 두 사람을 일별한 유랑이 물었다.

"뭐야, 아직 결정 못 한 거야?"

실망이라는 어투인 유랑에게 야율한이 물었다.

"소저는 정말 우리랑 성혼하고 싶습니까?"

"내가 하고 싶다고 하고, 안 하고 싶다고 안 할 수 있나. 집주인이 대가로 내놓으라고 하는 거면 피할 수는 없잖아."

유랑의 답에서 무언가 한참 잘못되었다는 것을 직감한 야율한이 정색을 하고 물었다.

"싫으면 안 해도 됩니다."

"그래 놓고 쫓아내려고?"

안 속는다는 듯이 웃어 보이는 유랑에게 야율한이 고개를 저어 보였다.

"절대로 그런 일은 일어나지 않을 겁니다. 내가 약속하죠."

야율한의 표정과 음성에서 거짓이 아니라는 것을 느낀 유랑의 표정이 점점 굳어졌다.

"진짜구나."

"네. 진짭니다."

"정말 너희 두 사람하고 안 해도 되는 거란 거지."

"맞습니다."

야율한의 확답에 굳어졌던 유랑의 입가로 미소가 번져 나갔다.

"그럼 나……."

뒤로 이어진 유랑의 답에 야율한의 눈은 커졌고, 수련하며 은근히 귀를 기울이고 있던 교주의 고개가 팩하니 돌아갔다.

설득의 방법 〈43〉

그리고 막 교주전으로 들어서던 이 형의 무릎이 꺾였다.

* * *

너무 놀라 휘청거리는 이 형의 모습을 바라보며 쓰게 웃은 야율한이 유랑에게 물었다.
"정말 이 형이랑 할 겁니까?"
"응. 내가 선택해도 되는 거라면 난, 쟤랑 할 거야."
맑은 유랑의 답에 미소를 감춘 야율한이 물었다.
"상관없긴 합니다만, 왜 이 형입니까?"
"나보다 강한 놈이니까."
유랑의 답에 야율한은 다시금 쓰게 웃을 수밖에 없었다.
물음에 알맞은 답은 아니었지만 왠지 이해가 되어 버리는 답이었기 때문이다.
"알겠습니다."
그렇게 야율한이 물러나자 이 형이 당황한 표정으로 다가왔다.
"뭘 알아? 그렇게 말하고 끝내면 어떻게 해!"
"그럼 어쩌시려고요?"
"나한테도 물어봐야지. 성혼을 혼자 하냐?"
"그 말씀은……?"
"난 쟤랑 성혼하기 싫어!"

이 형의 답에 유랑이 생각도 못 해 본 말을 들은 사람의 얼굴로 다가왔다.

"싫어?"

"그래."

"아니, 왜? 몸매 좋겠다, 얼굴도 이 정도면 어디 가서 안 빠지는데 왜 싫어?"

"넌 껍데기가 중요한 모양인데, 난 알맹이가 중요한 사람이라서."

"알맹이, 알맹이…… 뭐 그럼, 나!"

"그래, 너! 그 속에 뭐가 들었는지도 모르면서 성혼이라니, 소가 웃을 이야기지."

"내가 어때서? 싸움 잘하지, 목 잘 따지. 나, 어디서 지고 다니는 사람 아니야!"

"나한테 할 소린 아니고."

"아! 너한테 지기는 했지만, 그건 이년 몸뚱이가 시원치 않아서……."

"바로 그거야. 네가, 네가 아니라는 거지."

이 형의 답에 유랑의 눈매가 내려앉았다.

"그러니까 진짜 내가 아니라, 다른 껍데기라서 싫다는 거야?"

전혀 다른 말이었지만 더 길게 이 이야기를 끌고 가고 싶지 않았던 이 형은 고개를 끄덕여 버렸다.

"그, 그래."

"흐음…… 그렇단 말이지."

뭔가를 한참 동안 생각해 보던 유랑이 무언가 결심을 했던지 눈을 반짝였다.

"좋아! 그게 문제라면 해결하면 돼! 쉬운 건 아니지만 방법이 없는 것도 아니니까."

무슨 생각인지 이 형에게 그 말을 던져놓은 유랑이 교주에게 다가섰다.

"여기가 명교라고 했지."

"그래."

"그럼 호교, 포교? 하여간 그거 담당하는 놈 있지?"

"호교존자 말하는 거야?"

"그래, 호교존자. 그 새끼 좀 불러 줘."

"걔는 왜?"

"내가 천마한테 들은 이야기가 있어서 그래."

"천마? 시조를 알아?"

"우리 옆 동네서 방귀 꽤나 끼며 살고 있지."

"옆 동네?"

"아아, 복잡하니까 그런 건 묻지 말고. 불러 줄 거야, 아님 내가 찾아가?"

"아, 아니. 불러 줄게."

그 답에 만족한 표정이 된 유랑이 툇마루에 앉아 빨리

부르라는 듯 교주를 빤히 바라봤다.

천마까지 안다는 존재였다.

그 말을 완전히 믿는 건 아니었지만 무시하기에도 찝찝했던 교주가 혈검대주를 보내 호교존자를 소환하도록 했다.

천마의 이름이 거론되는 걸 곁에서 들었던 혈검대주여서 그런지 그도 빠릿빠릿하게 움직였다.

재빨리 움직였던 혈검대주는 그 움직임만큼이나 빨리 돌아왔다.

"호교존자는 교주님께서 자리를 비웠을 때 출성하였다 합니다."

"이미 갔다고?"

"예. 잠시 본성 호교부의 일을 정리하느라 들어와 있던 것이라면서, 호교부에선 성주님께 사전 보고도 들였고, 승인도 받았던 일이라고 말했습니다. 혹시 보고 못 받으신 겁니까?"

혈검대주의 물음에 잠시 기억을 더듬던 교주가 무릎을 쳤다.

"아! 그래, 며칠만 있다가 바로 나가 보겠다고 하긴 했지."

교주의 답에 호교부의 보고가 거짓이라면 당장이라도 뛰쳐나가 호교존자를 잡아 올 것만 같았던 혈검대주의 표정이 비로소 풀어졌다.

그런 혈검대주가 교주에게 물었다.

"어찌할까요? 사천으로 나갔다던데 사천 호교부 지단으로 전서를 보내 다시 들어오라고 할까요?"

혈검대주의 물음은 교주가 아니라 유랑에게서 답을 얻었다.

"사천? 사천이 여기서 멀어?"

"예. 거리가 5천 리도 더 되니까요."

"그 정도면 뭐 별거 아니네. 어디야? 앞장서."

당장이라도 떠날 것처럼 나서는 유랑의 모습에 교주가 물었다.

"네가 직접 가게?"

"그게 빠를 거 같으니까."

유랑의 말대로 그게 훨씬 빠를 것이다. 교주나 야율한의 이동 속도를 보면 그 둘을 넘어서는 능력을 가진 유랑이라면 그 이하의 속도는 아닐 테니까.

하지만 교주는 그녀를 혈검대주만 붙여, 명교 밖으로 내보내는 것이 안전한지 자신할 수 없었다.

그런 까닭에 돌아보는 교주에게 이 형이 맹렬하게 고개를 저어 보였다.

"꿈도 꾸지 마!"

절대로 유랑과 둘이 사천으로 나가지 않겠다는 뜻을 저렇게 온몸으로 표현하면 달리 방법이 없다.

교주가 자신의 뜻을 관철시키기 위해 이 형과 싸워서 이길 수 있는 것도 아니었고.

결국 교주가 유랑을 돌아봤다.

"불러올 테니까, 좀 기다리지."

"내가 가는 게 빠르다니까!"

"알아. 그래도 기다려."

"왜?"

불만 어린 유랑의 물음에 교주가 말했다.

"그사이에 다른 년이랑 눈 맞을지도 모르잖아."

그 말을 하면서 이 형을 힐긋거리는 교주의 눈짓에 유랑의 표정이 굳었다.

"저놈 그 정도로 지조가 없는 놈이야?"

"지조를 찾을 정도로 두 사람 사이가 깊은 건 아니니까."

"그거야……."

교주의 말에 반론을 제기할 수 없었던지 시무룩해진 유랑이 고개를 끄덕였다.

"알았어. 기다릴게."

"좋아."

유랑에게 고개를 끄덕여 보인 교주가 혈검대주에게 눈짓을 보냈다.

그 눈짓의 의미를 알아차린 혈검대주가 서둘러 움직였다. 전서를 보내 호교존자를 불러들이기 위해서였다.

그렇게 일단락되는 듯했던 상황은 오후 들어 생각지 못한 상황으로 치달았다.

혈검대주가 유랑의 일로 호교존자를 초긴급으로 소환하는 전서를 보냈다는 소문이 명교 내에 파다하게 퍼졌기 때문이다.

이것이 문제가 되었던 것은 교주가 통 크게 양보하였다는 혈검대주의 말이 있었기 때문이다.

앞뒤 다 잘라 놓고 보면, 유랑을 가운데 놓고 다투던 교주가 통 크게 부교주에게 양보하기로 했다.

그 상황에서 호교존자를 황급히 소환한다면…… 성혼! 그것도 호교존자가 집도하는 명교례를 따른 정식 성혼!

오후에 부교주가 유랑이라는 여인과 정식으로 성혼을 올린다는 소문이 온 성에 파다하게 퍼졌던 것이다.

이번에도 교주와 부교주의 거처가 몰려 있던 최상단에서 가장 먼저 이 소식을 들은 사람은 남궁희연이었다.

걱정을 한가득 담은 여인네들이 그녀에게 귀띔을 해 준 까닭이다.

부교주를 설득하려면 호교존자가 도착하기 전뿐이라고.

아낙들의 그 말에 세상 모두를 잃은 표정으로 한참을 망설이던 남궁희연이 결국 야율한을 청했다.

서각 아씨가 간곡히 뵙기를 청한다는 소식을 듣자마자 달려간 야율한은 자신을 보자마자 눈물을 뚝뚝 흘리는 남궁희연의 모습에 당황했다.

"왜, 왜 그러십니까? 무슨 일 있어요?"

"저는 이해해요. 강한 것을 갈구하는 무인이시니까요. 그래서 다른 사람들이 무어라 하든지 전, 이해하기로 했어요. 다만 하나만 여쭙고 싶었어요."

"무, 무슨 말인지 모르겠지만 물어보십시오. 내가 할 수 있는 거라면 뭐든지 답해 드리겠습니다."

당황해서 어쩔 줄 몰라 하는 야율한에게 남궁희연이 물었다.

"저, 남궁세가로 돌아가야 하나요?"

"아, 아니 왜! 혹시 소저가 서각에 머무는 것을 누가 뭐라고 합니까?"

그런 놈이 있다면 당장 달려가 요절을 낼 것 같은 표정인 야율한의 물음에 남궁희연이 고개를 가로저었다.

"아니에요. 그저 제가 계속 여기에 머물러도 좋은지 알고 싶었을 뿐이에요."

"당연히 괜찮죠. 원한다면 쭉, 평생 여기에 계셔도 됩니다!"

야율한의 답에 슬픈 미소를 그려 보인 남궁희연이 고개를 끄덕였다.

"감사해요. 전 그거면 되어요."

그 뒤로도 좀처럼 눈물을 감추지 못하는 남궁희연의 모

습에 쩔쩔매던 야율한이 서각을 물러 나왔다.

혼자 있고 싶다는 남궁희연의 말 때문이었다.

그렇게 서각에서 물러 나온 야율한이 부교주전으로 향했다.

서각에 무어라 말을 할 정도의 사람들은 모두 부교주전에 모여 있었기 때문이다.

그들이 아니라면 감히 서각에 출입조차 하지 못할 테니까.

그 탓에 씩씩거리며 부교주전으로 돌아온 야율한은 가장 먼저 파극을 찾았다.

일찍이 남궁희연을 주모로 모시며 끔찍이 챙겨온 파극이라면 누가 서각을 출입하며 남궁희연에게 쓸데없는 이야기를 했는지 알 것 같았기 때문이다.

그렇게 불려온 파극은 한참 고민하다가 철마를 바라봤다.

그 시선을 따라간 야율한의 눈매가 굳었다.

과거 한차례를 빼고는 야율한을 향한 철마의 충성심은 확고했다.

솔직히 그때의 일도 철마가 나빠서가 아니었다. 그는 강자지존이라는 명교의 철칙을 충실히 따랐을 뿐이니까.

자신에게 힘이 생겼고, 상대를 압도할 수 있다고 자신했다면 도전하지 않는 것이 죄였던 시절이었으니까 말이다.

각설하고, 그 이후로 단 한 번도 철마의 충성심을 의심해 본 적이 없다.

그랬던 철마가 명교를 떠나라고 남궁희연을 위협했다는 걸 믿을 수 없었다.

하지만······.

"주모께서 저 말고 단둘이 계셨던 사람은 철마가 유일합니다. 서각을 떠나라 따위의 말을 했다면 여럿이 하지는 못했을 겁니다. 그러니······."

"철마밖에 가능성이 없다는 소리군요."

"예."

파극의 답에 야율한이 물었다.

"평소에 철마가 서각을 탐탁지 않게 생각했습니까?"

"그렇진 않았습니다만, 그렇다고 좋아하지도 않긴 했습니다. 초기뿐이긴 했습니다만 백도의 여식을 하필······이란 말도 자주 했었긴 하니까요."

파극의 답에 잠시 고민하던 야율한이 철마를 불렀다.

야단을 치거나 다그치기 위해서가 아니었다. 철마 정도의 사람이 그렇게 반대를 한다면 설득을 할 필요가 있다고 판단했기 때문이다.

그렇게 불려온 철마가 기대 어린 표정으로 물었다.

"부르셨습니까? 혹시 일대일 비뭅니까?"

고수와의 일대일 비무는 철마 정도의 고수에겐 영약과 다름없을 정도의 깨달음을 준다.

그런 까닭에 이전에는 가끔 했지만 철마가 현경의 정점으로 치닫기 시작한 이후로는 뜸해졌다.

서로의 격차가 줄어든 만큼 실전 같은 비무는 위험했기 때문이다.

그러니 철마가 기대하는 것도 당연했다. 그런 철마에게 야율한이 고개를 저어 보였다.

"그게 아니라 철마의 의견을 좀 들어보고 싶은 것이 있어서요."

"제 의견이요? 어떤 것에 대한……?"

의아하게 바라보는 철마에게 야율한이 방금 전, 서각에 있었던 일을 털어놓았다.

네가 그런 말을 했냐고 묻는 것 보다 이렇게 대화를 시작하는 것이 나을 것 같아 야율한이 택한 방법이었다.

한데…….

"아니 어떤 개호래새끼가 주모께 이상한 말을 한 겁니까? 이 쌍놈의 새끼를 잡아서……."

파극보다 훨씬 강도 높은 반응이 튀어나오는 철마를 야율한은 진정시키려 노력했을 정도였다.

그렇게 한참의 노력을 들여 간신히 진정시킨 철마에게 야율한이 물었다.

"그게 철마가 그리 화를 낼 일이었습니까?"

"당연하죠! 주모가 누굽니까? 부교주님이 정한 정혼잡

니다! 그 말은 어떤 겁대가리를 상실한 새끼가 강자의 결정을 수용하지 않았다는 뜻이 아닙니까! 그런 새끼는 명교에 있을 자격이 없습니다!"

강자지존.

명교 무인들에겐 그 어떤 주술보다 강력한 단어에 입각한 철마의 말에 비로소 야율한은 고개를 끄덕였다.

그리고 한 가지 더.

'철마는 아니다!'

자신이 헛다리를 짚고 있다는 건 생각도 못 한 채, 야율한이 용의선상에서 철마를 제외하고 있었다.

그렇게 철마를 용의자에서 제외한 야율한이 물었다.

"그럼 누가 그랬을까요?"

야율한의 물음에 철마가 뒷머리를 긁적였다.

"서각에 가서 그런 말을 할 만한 놈이……."

뒷말을 흐리며 아무리 부교주전 연무장을 둘러봐도 마땅한 사람을 찾을 수 없었던 철마가 고개를 저었다.

"그런 말을 한 놈을 알면 모가지 꺾어 놓겠다고 나설 놈들은 수두룩합니다만, 정작 그런 말을 주모께 할 만한 놈은 없는데요."

철마의 말이 아니어도 스스로도 범인을 좀처럼 예상하지 못하던 야율한이 고개를 끄덕였다.

그런 야율한에게 철마가 슬쩍 물었다.

* * *

"혹시, 요사이 교내에 돌고 있는 소문 때문은 아닙니까?"

철마의 물음에 야율한은 단호하게 고개를 저었다.

"그건 아닙니다. 유랑은 나나 사형이 아니라 이 형에게 관심이 있으니까요."

"이 형! 정말입니까?"

놀라는 철마에게 야율한이 고개를 끄덕였다.

"네. 유랑이 직접 이 형을 선택했습니다."

"와우. 그럼 천하최강 부부의 탄생이군요."

곁에서 유랑의 실력도, 이 형의 능력도 지켜보았던 철마의 평가였다.

그 말에 동의하는지 야율한도 빙긋이 미소 지었다.

"그렇게 되는군요. 정말 천하최강 부부가 되겠네요. 문제는 그게 정말로 이루어지면 이라는 부분이 남아 있긴 하지만 말이죠."

"무슨…… 말씀이십니까? 유랑이 이 형을 택했다면서요."

"그게. 이 형이 싫다네요."

"예?"

말도 안 된다는 듯, 놀란 눈을 감추지 못하는 철마에게 야율한이 말했다.

"정말이에요. 알맹이가 누군지 모르는 상태에서는 성혼할 수 없다고 강하게 반대했다니까요."

쓰게 웃는 야율한의 말에 철마가 이해할 수 없다는 듯이 말했다.

"아니, 그녀처럼 강한 여자를 왜 마다하는 건지 이해를 할 수 없네요."

철마의 말에서 묘한 느낌을 받은 야율한이 물었다.

"설마 철마도 관심이 있는 겁니까?"

"아! 아닙니다. 그냥 강한 여자니까 호기심이 생긴 것 뿐이지 좋아하거나 그런 건 아니니까요."

말은 그렇게 했지만 야율한은 철마의 눈빛에서 진한 아쉬움을 발견할 수 있었다.

그런 철마의 눈빛에 야율한은 꽤나 놀랐다. 생각지 못한 감정을, 뜻밖의 인물에게서 발견한 까닭이었다.

그 놀람이 얼마나 컸던지 자신이 무얼 찾고 있었는지도 잊은 채, 야율한이 교주전으로 달려갔다.

그렇게 달려온 야율한에게서 철마의 반응을 전해들은 교주가 피식 웃었다.

"어쩐지 철마, 그 자식 밖에서 쟤 바라 볼 때도 묘하긴 했어."

저만치 앉아서 연신 주전부리를 먹어대고 있는 유랑을 바라보며 말하는 교주에게 야율한이 물었다.

설득의 방법 〈57〉

"눈치채셨었단 말이에요?"

"눈치까진 아니었고, 계집에게 관심을 두기에 철마 자식 아직도 팔팔하고만, 하는 정도였지."

"뭐가 팔팔한데?"

실력이 높으면 귀도 밝다. 그걸 잠시 망각했던 야율한이 아차 싶은 표정으로 당과를 입에 물고 다가온 유랑을 돌아봤다.

"그, 그게……."

잘못한 것도 없이 당황하는 자신을 스스로도 어이없어 하는 야율한을 바라보며 유랑이 눈을 게슴츠레하게 떴다.

"왜, 누가 나 좋데? 누군데?"

부끄러운 기색 하나 없이 바짝 다가서 묻는 유랑의 모습에 당황을 감추지 못하는 야율한 대신에 교주가 나섰다.

"철마."

"철마? 누구, 같이 있었던 똘마니?"

"똘마니는 무슨. 그래 뵈도 명교의 수석 장로 출신이야. 지금도 이 형까지 포함해도 명교에서 다섯 손가락 안에 드는 실력자고."

"오호, 그 정도야. 내가 보기엔 별거 없던데."

유랑의 평가가 너무 혹독해서였던지 야율한이 철마를 옹호하고 나섰다.

"강직한 무인이기도 합니다만 좋은 사내입니다."

"좋은 사내? 그게 어떤 사낸데?"

"심지가 굳죠. 자신이 원하는 바를 맹렬히 추구하긴 하지만 잘못되었다는 걸 알면 깨끗이 승복할 줄도 압니다. 말은 쉽지만 절대로 쉬운 일은 아니죠. 그걸 해낸 사람입니다."

"무엇으로 그걸 확인했다는 소리지?"

유랑의 물음이 관심이라고 판단한 야율한은 철마와 있었던 과거의 일들을 이야기했다.

한참동안 철마에 관한 이야기를 들은 유랑은…….

"홍. 결국 겁대가리 없이 대들었다가 대차게 깨지고 깨깽 했다는 거잖아! 그게 무슨 사내라고."

자신의 의도와는 전혀 다른 반응을 보이는 유랑의 말에 야율한은 당황했다.

그런 까닭에 도움의 눈길을 건넸지만 교주조차 어깨를 으쓱여 보이며 고개를 저었다.

-냅 둬. 이 형한테 간신히 떠넘겼는데, 왜 문제를 복잡하게 만들려고 그래.

-그게 철마가 진짜 마음에 있는 거 같았단 말입니다.

야율한의 전음에 눈을 크게 뜬 교주가 전음으로 물었다.

-진심이라고?

-네. 제가 보기에는요.

-오호. 그래?

설득의 방법 〈59〉

무언가를 고심하는 것 같았던 교주가 어떻게든 유랑과 떨어지려는 듯 가장 먼 곳에 앉아 있던 이 형에게 다가갔다.

그렇게 다가간 교주와 이 형이 무슨 대화를 어떻게 나누었는지 얼굴 가득 반색을 띤 이 형이 튀어나갔다.

그의 기세가 급격하게 이동한 곳이 부교주전이라는 것을 깨달은 야율한이 걱정 어린 표정으로 움직였다.

혹시 이 형과 철마가 부딪치는 것을 우려한 것이다.

하지만……

"걔 강한 거 좋아하더라. 어떻게 좀 가르쳐 줘?"

"뭘 가르쳐 준단 소리요?"

"말보다 체득이 빠른 법이지. 비무, 비무 할까?"

비로소 이 형이 자신에게 무공 증진 방법을 가르쳐 준다는 뜻임을 알아차린 철마의 눈이 빛났다.

"저, 정말입니까!"

얼마나 좋았는지 말투조차 바뀐 철마에게 이 형이 고개를 끄덕였다.

"당연하지. 저걸, 아니 유랑이를 맡아 준다는데 네가 못해 줄 게 뭐야."

"유랑이……?"

"아! 내가 오라비 같은 마음이 들어서 그래. 오라비. 알지?"

"남녀가 아니라 오누이 같은 감정이란 말씀이십니까?"

철마의 물음에 이 형의 고개가 부러질까 걱정일 정도로

끄덕여졌다.

"그래. 바로 그거야!"

이 형의 확답에 철마의 입가로 미소가 번져나갔다.

"그럼 부탁드리겠습니다."

철마의 말로 두 사람의 비무가 성사되었다. 곧바로 행동으로 나서는 둘을 부교주전에 모여 있던 이들이 둘러쌌다.

철마 정도의 고수와 교주와 부교주조차 이기지 못했었다는 이 형의 비무는 그 어떤 가르침보다 뛰어난 교재일 테니까.

그런 모습을 물끄러미 바라보는 야율한의 곁에서 교주가 중얼거렸다.

"저 자식 어지간히 급한 모양일세."

"누구, 철마요?"

"아니, 이 형. 떠넘길 수 있는 길이 있다니까 뒤도 안돌아보고 뛰어 나갔잖아."

교주의 말에 쓰게 웃은 야율한이 물었다.

"이 형은 유랑이 왜 싫은 걸까요? 그녀 정도면 외모도 빠지지 않고, 실력도……."

"말했잖아. 알맹이가 누군지 모른다고. 그냥 한 말은 아닐 거다. 속에 뭐가 들어 있는지도 모르면서 껍데기만 보고, 내가 생각해도 그건 아니지."

교주의 말에 야율한의 표정이 급격하게 어두워졌다. 마치 자신에게 하는 말처럼 들렸기 때문이다.

걱정 어린 시선으로 교주를 바라보던 야율한의 눈길이 서각으로 돌려졌다.

교주도 걱정이었지만 남궁희연도 문제였기 때문이다.

'내 정체를 알면……'

걱정이 내려앉은 야율한의 눈빛이 어두웠다.

물론 자신이 어쩔 수 없는 일을 가지고 걱정만 하고 앉아 있을 야율한은 아니었다.

물론 그렇다고 자신의 상황을 솔직히 말할 수는 없었지만.

다시 서각을 찾은 야율한은 부교주전에서 벌어지고 있는 비무에 대해 이야기했다.

그 이야기를 모두 들은 남궁희연은 당연하겠지만, 두 사람의 비무보다 다른 곳에 관심을 보였다.

"철마님이 유랑 소저를 마음에 두셨다고요?"

"네. 이 형이 자신이 책임지지 않고 떠넘길 수 있게 되었다고 얼마나 열심인지 모른답니다."

야율한의 답에 무언가를 한참 생각하던 남궁희연이 물었다.

"그럼 부교주님은 유랑이란 분께 마음이……"

"아이고, 무슨 그런 말도 안 되는 말씀을! 제 마음은 소저께……"

말을 하다말고 씨익 웃는 야율한의 미소는 솔직히 무서웠다.

모르는 사람이 보았다면 칼 휘두르기 직전의 표정이라 의심할 만큼 사납고 날카로웠으니까.

하지만 수없이 야율한을 보아 온 남궁희연은 알고 있었다. 야율한이 부끄러워 할 때 나오는 미소라는 것을.

그렇기에 남궁희연은 애써 마음을 가라앉히고 물었다.

"제가 좋으신가요?"

"다, 당연하죠."

"그런데 왜 성혼을 미루시나요?"

생각 외로 직설적인 남궁희연의 물음에 야율한이 되물었다.

"저랑 성혼하고 싶은 신가요?"

"그야 당연히…… 저도 부교주님을 연모하니까요."

남궁희연의 답에 환하게 밝아지던 야율한의 표정이 순식간에 굳어졌다.

〈속에 뭐가 들어 있는지도 모르면서 껍데기만 보고, 내가 생각해도 그건 아니지.〉

직전에 나누었던 교주와의 대화가 불쑥 떠오른 까닭이다.

그런 야율한의 표정 변화에 걱정을 담은 남궁희연의 물

음이 던져졌다.

"싫으신 건가요?"

"아, 아닙니다. 싫긴요. 그저 걱정이 되어서요. 저란 사람을 완전히 모르시면서 겉만 보고 내리신 결정이 아닐까 싶어서……."

"충분히 겪었다고 생각해요. 전 부교주님의 모든 것을 연모합니다. 아직 제가 보지 못한 모습이 있다면 그것마저 연모할 겁니다. 분명히 그럴 거라 자신해요."

자신의 무엇이, 천하제일미라 불리는 이 여인의 마음을 휘어잡았는지 모르겠지만…….

"고맙습니다."

다시금 번지는 야율한의 미소에 남궁희연도 안도의 표정이 되어 환하게 웃었다.

* * *

날이 밝고, 새로운 아침이 시작되었다.

그 상쾌한 시작과 동시에 새로운 소문이 명교 본성에 휘몰아쳤다.

'사각관계.'

교주, 부교주, 이 형, 거기다 철마까지.

이 형이 유랑을 마음에 품은 철마를 위해하기 위해 비무를 위장해 죽이려 들었다던가?

뭐 소문이 그렇게 날수 있을 정도로 지난 날, 오후의 비무에서 철마는 비 오는 날 개가 뚜드려 맞듯, 쳐 발렸다.

끝까지 지켜보았던 교주의 평가대로면 '이 형이 아무래도 속내가 따로 있는 거 같아.'라고 했을 정도였으니까.

소문의 근원도 바로 그런 교주의 평가였다.

겉으로는 유랑과 철마를 밀어주는 듯하면서 실제로는 철마를 갈궜다고 말이다.

당연히 이 소문도 아낙들에 의해 남궁희연에게 가장 먼저 전달되었다.

하지만 이전 날들과 달리 남궁희연은 그런 아낙들의 걱정에도 빙긋이 미소 지었을 뿐이다.

〈호교존자가 오면 우리도 성혼합시다. 명교의 정통혼례로.〉

지난 밤, 야율한이 했던 약조 때문이었다.

오늘 교주에게 허락도 받겠노라 했었으니까.

그래서인지 남궁희연은 그렇게 웃기만 해서 될 일이 아니라는 아낙들의 걱정을 한귀로 흘려들을 수 있었다.

지난밤의 약속대로 야율한은 날이 밝자마자 교주를 찾아가 남궁희연과의 성혼을 허락해 주길 청했다.

"그거 이미 하기로 한 거 아냐? 내가 제수씨를 괜히 제수씨라고 부르는 거 아니잖아. 근데 새삼 무슨 허락이야."

"그래도 사형의 정식 허락을 받아야죠. 허락해 주실 거죠?"

"자식이……."

말은 괜한 일을 한다면서도 잔뜩 말려 올라간 교주의 입꼬리는 기분이 좋음을 대변하고 있었다.

"당연하지!"

교주의 답에 야율한이 고개를 조아렸다.

"감사합니다. 사형."

"떡두꺼비 같은 아들, 제수씨 똑 닮은 딸들 많이 낳고 잘 살아야 한다."

"걱정 마십시오. 그리고……."

"그리고?"

"오늘 시간 좀 내주십시오."

"왜?"

"저랑 어디 좀 다녀오실 곳이 있어서요."

"어딜?"

"있다가 가 보시면 압니다."

"왜 좋은 술이라도 있는 곳을 알아낸 거야?"

눈을 반짝이는 교주의 물음에 야율한이 빙긋이 미소 지었다.

"당연히 좋은 술도 사죠."

"오호, 그렇다면 좋아!"

환하게 웃는 교주의 말에 야율한의 입가에도 미소가 깃들었다.

문제는 그 말을 밖에서 듣고 있는 귀가 있었다는 점이었다.

57장
입장의 차이

입장의 차이

 주변에 소리가 번져 나가지 않도록 기막을 쳤던 야율한으로서는 생각지 못한 일이었다.
 자신의 기막을 뚫고 대화를 들을 수 있는 존재가 있을 거라곤 미처 생각지 못했었으니까.
 실제로 이 형조차 그건 불가능한 일이었다.
 하지만 어떤 방법을 취했는지 야율한의 기막을 뚫고 대화를 들은 유랑의 눈빛이 반짝거렸다.
 다른 건 다 필요 없었다.
 그녀가 주목한 말은…….

 〈당연히 좋은 술도 사죠.〉

교주를 향한 야욜한의 약조뿐이었으니까.

그 탓에 씨익 웃는 유랑에게 곁에 있던 이 형이 물었다.

"왜 그런 웃음인데."

"알 거 없……."

'다'라고 말하려고 했다.

하지만 이내 유랑은 그 생각을 버렸다. 가뜩이나 자신을 싫다는 놈인데 이참에 같이 좋은 술을 얻어먹으며 구슬려 보자는 생각이 들었기 때문이다.

"……좋은 술 먹으러 갈 거라는데."

"누가? 혹시 저 둘이서만?"

"응."

"설마. 그렇게 치사한 놈들은 아닌데."

"어디 딴 데도 들릴 모양이긴 한데, 그게 중요한 게 아니지. 술, 그것도 좋은 술을 먹을 거라는 게 중요한 거지."

유랑의 말에 이 형의 고개도 끄덕여졌다.

"그건…… 그렇지. 중요한 건 그거니까."

"그럼 이따……."

의미심장한 유랑의 눈빛에 마뜩치 않은 표정으로 잠시 갈등하던 이 형의 고개가 끄덕여졌다.

유랑과 엮이는 건 반갑지 않았지만 좋은 술은 외면하기 힘들었기 때문이다.

부교주전에서 시행되는 오전 수련을 마친 야율한이 교주전에서 시행하는 오후 수련시간에 모습을 감췄다.
　그건 교주도 마찬가지였다.
　의외였던 것은 서각의 남궁희연도 함께 사라졌다는 점이었다.
　그것에 놀라 호들갑을 떠는 서각의 아낙들에게 파극이 부교주님과 잠시 외출했으니 소란 떨지 말라는 주의를 주었다.
　부교주'와'라는 부분에서 아낙들이 수군거렸지만 파극은 모른 척했다.
　그렇게 명교에서 사라진 야율한과 남궁희연, 그리고 교주는 의외의 장소에서 모습을 드러냈다.
　바로 안휘의 소호다.
　동정호나 태호에 비해 덜 알려져 있다지만 아름다움은 중원에 산재한 여타 호수에 견주어 손색이 없는 곳이다.
　그렇다 보니 주변으로 객잔과 주루들이 즐비했다.
　그런 서호에 모습을 드러낸 것은…….
　"역시 술은 호수를 보며 마시는 술이 최고지."
　잔뜩 고무된 교주에게 야율한이 미소를 그렸다.
　"물론 그렇긴 합니다만 술보다 먼저 만나 봐야 하는 사람이 있어서요."
　"누군데?"

궁금해 하는 교주의 물음에 야율한이 바라본 이는 의미심장한 미소를 그리고 있는 남궁희연이었다.

"부탁합니다."

야율한의 말에 크게 고개를 끄덕인 남궁희연이 앞장을 섰다.

그 뒤를 야율한과 교주가 따랐다. 교주가 가면 그곳이 어디든 함께 했던 혈검대주가 보이지 않았던 것은 그에게 유랑이 맡겨져 있었기 때문이었다.

그렇게 남궁희연이 앞장선 일행이 도착한 곳은 서호가 내려다보이는 언덕위에 자리한 장원이었다.

부호의 저택들이 늘어선 지역에 들어선 장원은 꽤나 고풍스러웠다.

고풍이라는 단어에서 눈치 챈 사람도 있겠지만 솔직하게 말하자면 낡은 장원이었다.

화려한 장원들 사이에 끼어 있어서 그 낡음이 더 두드러져 보이는.

남궁희연이 그 낡은 장원의 문을 두드리길 여러 차례.

끼이이익.

귀를 파고드는 날카로운 음향과 함께 문이 열리고, 노복 하나가 고개를 내밀었다.

"누구…… 어이쿠! 희연 아씨."

"네 저예요. 장 노도 그간 잘 지내셨어요?"

"예. 소인이야 여전히 잘 먹고, 잘 싸고 살았습죠. 별당 아씨께 얼른 전갈을 드릴 터이니 안으로 들어오십시오."

장 노라 불린 노복이 활짝 열어준 문으로 남궁희연을 선두로 한 일행이 장원 안으로 들어섰다.

칼을 두 자루씩이나 찬 사내들을 둘씩이나 거느리고 들어섰음에도 장 노는 별로 놀란 기색이 아니었다.

하긴 남궁희연은 안휘의 패자였던 남궁세가의 여식이었으니까.

그렇게 사람들을 안으로 들인 장 노가 서둘러 내원으로 들었다. 그리고 잠시 후, 웬 여인 하나와 함께 되돌아왔다.

"우와!"

자신도 모르게 새어 나온 교주의 탄성만큼이나 장 노와 함께 온 여인의 미모는 발군이었다.

천하제일미라는 남궁희연과 마주 서 있음에도 전혀 밀리지 않을 정도로.

"어서 와, 희매!"

반갑게 다가와 두 손을 맞잡은 여인의 인사에 남궁희연이 마주 웃었다.

"그간 잘 지내셨어요. 설 언니."

"나야. 담 안에 갇혀 사는 처지인걸. 별일 있을 턱이 없지. 그나저나 어찌 된 거야? 시집갔다는 소식을 들었는데."

그렇지 않아도 궁금했다는 표정이 역력한 설 언니란 여

인의 물음에 남궁희연이 야율한을 돌아봤다.

그 시선의 의미를 얼른 알아차린 설 언니가 물었다.

"설마……?"

"맞아요. 제 정혼자예요."

남궁희연의 소개에 야율한이 포권을 취해 보였다.

"야율한입니다."

야율한이야 정중히 인사를 건넸다지만 처음 마주한 사람은 감당하기 힘들 정도의 살기가 야율한에게서 뿜어진다.

설 언니라 불린 여인도 마찬가지였다.

한 발 앞으로 나선 야율한의 살기에 놀라 흠칫 굳으며 자신도 모르게 물러났으니까.

하지만 그 이후는 다른 사람들과 달랐다.

그녀는 아무렇지도 않은 얼굴로 물러난 만큼의 거리를 좁혀 다가서서는 미소를 그렸으니까.

"반가워요. 매설원(梅雪院)에 오신 것을 환영합니다."

설 언니란 여인의 인사에 야율한은 다시금 정중히 포권을 취해 보였다.

그렇게 야율한의 인사가 끝나자 남궁희연이 이번엔 교주를 소개시켰다.

"제가 성혼하면 시아주머니 되실 분이세요."

"어서 오세요. 설인화라 합니다."

"반갑습니다. 야율경입니다."

포권을 취하는 교주의 눈빛이 반짝거렸다.

세상에 남궁희연이 명교에 시집을 갔다는 소문이 파다했다.

설인화도 그런 소문을 들었다.

문제는 설인화는 물론이고, 그녀가 몸담고 있는 매설원이 무림과는 아무런 연관이 없는 서생의 가문이라는 점이었다.

서호에 자리를 잡은 것도 먼 조상 때의 일이었고, 그때는 주변으로 아무것도 없을 때였다고 한다.

지금처럼 부호들이 선호하는 주택지가 아닐 때 이미 자리를 잡았다는 소리다.

당연히 부호도 아니었다.

따라서 가진 재산이 많았던 것도 아니다. 하긴 대대로 가훈이 명리에 초탈하여 서책을 벗 삼아 살라는 것이었다니까.

그래서인지 매설원의 직계 학사들은 단 한 차례도 출사를 한 적이 없다.

그럼에도 매설원이 유명했던 것은 이곳에서 수학했던 학자들 중 관부로 출사한 이들이 적지 않았기 때문이다.

한때 매설원학파란 파벌이 생겼을 정도로 영향력이 있었으니까.

물론 과거의 이야기다.

전조, 그러니까 원나라에 출사한 이들의 이야기란 소리다.

원을 몰아내고 들어선 명은 철저하게 반원을 넘어 척원의 기치 하에 움직였다.

당연히 원나라 조정에 학자들을 대거 등용시켰던 매설원을 좋게 볼 리 없었다.

오죽하면 매설원을 멸절 시켜야 한다는 이야기까지 나왔을까.

그나마 명나라를 세운 이들 속에도 매설원에서 수학했던 학자들이 있었기에 그들의 노력으로 간신히 위기를 모면했을 뿐이다.

문제는 거기까지였다는 점이었다.

위기는 모면할 수 있었지만 더 이상 매설원에서 수학한 학자들은 관부로 출사할 수 없었다.

직계들이야 어차피 출사할 마음이 없으니 상관없었지만 매설원에 돈을 내고 수학하는 외부의 학자들은 아니었다.

매설원에서 수학했다는 것이 출사에 오히려 걸림돌로 작용했으니까.

당연히 매설원에서 공부하겠노라 나서는 학자들의 수가 급감했고, 매설원의 경제적 위기는 심화되었다.

가뜩이나 가진 것이 없었던 매설원으로서는 직격탄을 맞은 셈이었다.

지금처럼 매설원이 어려워진 이유가 바로 그것에 있었다.

차를 내오겠다면 설인화가 나간 뒤 짧게 이어진 남궁희연의 설명으로 저간의 사정을 들은 야율한과 교주가 고개를 끄덕였다.

한마디로 지금은 찢어지게 가난한 학자의 집안이었던 셈이다.

"한데 어찌 혼인을 안 하고?"

교주의 물음에 답은 남궁희연이 아니라 야율한에게서 나왔다.

"성혼을 하긴 했답니다. 문제는 혼인을 약조한 정혼자가 혼례 전에 급살을 맞아 죽었다는 점이었죠."

"그럼 성혼을 안 한 거지, 왜 그게 한 거야?"

"양가가 혼인한 것으로 인정하기로 했답니다."

"아니 왜?"

왜인지 성을 버럭 내는 교주에게 이번엔 남궁희연이 답을 내놨다.

"보셔서 아시겠지만 매설원은 경제적으로 어려워요. 하지만 시댁이 될 가경서원은 중원이 알아주는 부호였죠. 그쪽에선 아들이 총각귀신이 되는 걸 원치 않았고, 매설원은 가경서원의 재정 지원이 간절했으니까요."

"그럼……?"

"네. 혼인을 한 것으로 하는 조건으로 가경서원에서 애초에 약조했던 자금을 보내준 것으로 압니다. 그걸로 간신히 외인에게 매설원이 넘어가는 것을 막아 냈죠."

"흠…… 그럼 유부녀란 소리야?"

아쉬움이 물씬 풍겨 나는 교주의 물음에 이번엔 다시 야율한이 나섰다.

"정확히는 과부죠. 물론 이젠 그것도 소용없는 일이지만."

"무슨 소리야?"

"가경서원이 망했거든요. 산동에 있던 곳인데 일전에 해남검문이 진출하면서 쓸려나간 곳 중 하나랍니다."

"그럼……?"

왠지 기대 어린 표정인 교주에게 야율한이 고개를 끄덕였다.

"예. 설 소저의 향후 향배에 대해 시비 걸 외부자가 없어졌다는 소리죠."

"한데 넌 그런 걸 어떻게 그렇게 잘 알아?"

교주의 물음에 야율한이 싱긋 웃었다.

"남궁 소저에게 들었습니다. 사형에게 소개시켜 드리고 싶은 여인이 있는데 이런저런 사정이 있다고요."

"소개를, 나한테?"

"예. 사형도 이제 장가가셔야죠."

야율한의 말에 교주의 뺨이 붉어졌다.

"아이, 무슨 장가를 흐흐흐."

말은 아니라면서도 입가에 어린 웃음은 전혀 싫은 내색이 아니었다.

그런 교주에게 야율한이 말했다.

"잘해 보세요."

"험험."

답은 않고 헛기침만 하는 교주의 얼굴엔 미소가 깃들어 있었다.

잠시 후, 차를 내어온 설인화와 네 사람은 꽤나 오랜 시간 대화를 나누었다.

물론 대부분의 대화를 남궁희연과 설인화가 나누었고, 야율한과 교수는 그저 듣는 입장이었지만.

그 와중에 교주는 설인화란 여인이 꽤나 박식하며 차분한 사람이라는 인상을 받았다.

그가 지금까지 만나왔던 그 어떤 여자와도 결이 다른 여인이었다.

남궁희연이 자신에게 소개시켜 주고 싶을 정도로 좋은 여자였다.

시간이 지날수록 교주의 욕심이 커지는 것을 느낄 정도로 말이다.

시간이 지나 밤이 되자 남궁희연은 설인화와 함께 자기로 하고, 교주와 야율한은 장 노란 노복의 안내로 방을 하나 얻어 외원으로 나왔다.

아무리 친인의 정혼자와 그 사형이라지만 외간남자를 내원에 둘 수 없다는 간곡한 요청 때문이었다.

그 탓에 일꾼들에게나 내어 주는 방에 머물게 된 두 사람을 안내해 주고 나가려는 장 노에게 야율한이 말을 건넸다.

"장원주께서는 계십니까?"

"예. 거처에 계십니다만……."

의아하게 바라보는 장 노에게 야율한이 말했다.

"가서 내가 인사를 드리고 싶어 한다고 전해 줄 수 있겠습니까?"

"이 시간에요?"

"이 댁에서 밤을 보낼 객이 어찌 주인에게 인사도 하지 않겠습니까. 말씀 드려 주십시오."

칼을 두 자루씩이나 찬데다 인상도 날카로운 야율한을 장원주에게 안내하고 싶지 않았는지 망설이는 장 노에게 야율한이 말을 보탰다.

"남궁 소저를 보아서라도 부탁하겠습니다. 손님으로 와서 인사도 없이 밤을 보내면 나중에 예가 없단 소리가 나오지 않겠습니까."

남궁희연을 언급하는 야율한의 말에 장 노가 마지못해 잠시 기다리라고는 내원으로 향했다.

　　　　　　＊　＊　＊

　자신의 부탁으로 장 노가 나가자 야율한이 교주에게 물었다.
　"결심은 서신 겁니까?"
　"무슨 결심?"
　"설 소저 말입니다."
　"얼굴도 성품도 욕심나는 여자인 건 맞지만 괜찮을지 잘 모르겠다."
　"사형답지 않으십니다."
　"나다운 게 뭔지 모르겠다만 이 문제는 평소 내가 처리하던 일과는 성격이 다른 것이니까."
　"마음에 들어 하시는 것 같더니요."
　"마음엔 들어. 한데……."
　여전히 머뭇거리는 교주에게 야율한이 물었다.
　"뭐가 걸리시는 데요?"
　"너무 곱다고 해야 할까? 거친 명교에 와서 잘 살 수 있는 여잔지 확신이 안 들어."
　"남궁 소저도 잘 지냅니다."
　"알아. 다행스러운 일이지. 하지만 제수씨야 태생이 무가의 여식이고, 이쪽은 그런 것과는 아무런 상관도 없는

입장의 차이 〈83〉

사람인 듯싶으니까."
 교주의 말대로 매설원은 무림과는 아무런 연관도 없는 서원이었고, 그런 집안의 딸인 설인화도 무림은 아무것도 모른다.
 어쩌면 그런 것이 교주의 말대로 부작용을 일으킬 수도 있다.
 하지만······.
 교주의 눈동자는 갈등으로 흔들리고 있었다.
 무언가를 결정할 때 저렇게 갈피를 못 잡는 교주를 본 적이 없었던 야율한은 이내 결심을 굳혔다.
 그런 그의 입가로 의미심장한 미소가 스쳐 지나가고 있었다.

* * *

 야율한과 교주가 외원으로 물러난 이후, 남궁희연은 직설적으로 물었다.
 "어때요?"
 "뭐가?"
 "알아차렸을 거면서!"
 눈을 흘기는 남궁희연의 모습에 살포시 웃은 설인화가 고개를 저었다.

"나와는 연이 없는 분이시다."

"왜요? 별로예요?"

"별로는…… 나 같은 사람에겐 과분한 분이시던데."

"그런데 왜요?"

"교주라시면서. 네가 시집간 곳이 명교란 곳이라니 그곳의 책임자시겠지."

"맞아요. 명교의 최고위자죠."

"그런 분을 내조하기에는 난 무림에 대해 아무것도 아는 것이 없구나."

"그런 거라면 걱정을 마세요. 명교라는 조직이 내조니 뭐니 할 게 없으니까요."

"사람들이 살아가는 곳이라면 세상 어디나 다를 것이 없을 게다. 어찌 내조가 필요 없을까. 그저 하는 사람이 없을 뿐이겠지."

설인화의 그 말이 남궁희연의 입을 막았다.

순간적으로 자신이 그랬던 것은 아니었나 하는 자괴감이 들었기 때문이다.

되짚어 보면 실제로 자신이 내조를 하겠다며 나서 본 적이 없었으니까.

그것을 자각하고는 아무 말도 못 하는 남궁희연의 손을 설인화가 잡았다.

"못했다면 이제부터 하면 되지. 세상 잃은 표정을 할

필요는 없단다."

"언니……."

"괜찮아, 괜찮아. 중요한 건 지나간 시간이 아니라 이제부터 다가올 시간이니까."

가볍게 안아 부드럽게 다독이는 설인화의 손길에 남궁희연의 당황이 가라앉고 있었다.

* * *

야율한과 교주는 다시 내원으로 들어섰다.

손님이 주인을 만나기에는 너무 늦은 시간이었음에도 야율한의 청이 받아들여졌던 것이다.

남궁희연의 정혼자와 그 사형이 인사를 드리고자 한다는 말에 장원주가 흔쾌히 승낙한 덕이었다.

그 덕에 장 노의 안내로 교주와 야율한이 매설원의 장원주와 마주 앉았다.

"남궁가의 장서(長壻:큰사위)가 되실 분이라 들었소이다만."

장원주의 물음에 야율한이 정중히 포권을 취해 보였다.

"예. 남궁희연 소저의 정혼자인 야율한이라 합니다."

야율한의 인사에 정중히 마주 고개를 숙여 보인 장원주가 이번엔 교주를 바라봤다.

"장서의 사형이시라고요."

"예. 그러합니다."

두 사람의 인사도 마무리 되자 장원주가 말했다.

"남궁가의 가주와는 어린 시절 함께 수학한 사이로 막역한 친우이지요. 하니 내 딸과도 진배없는 희연의 정혼자면 내 자식과도 같으니 편안히 쉬다 가시길 바랍니다."

손님을 배려하는 장원주의 말에 야율한이 고개를 숙였다.

"배려에 감사드립니다."

이것으로 인사는 끝났으니 물러가면 될 일이었다.

한데…….

자신을 직시하는 야율한의 도전적인 눈빛을 발견한 장원주가 물었다.

"혹시 내게 따로 하실 말씀이라도 있으십니까?"

장원주의 물음에 자신의 사형을 힐긋 일별한 야율한이 답을 하고 나섰다.

"있습니다."

"그렇다면 말씀하시지요. 경청하겠습니다."

장원주의 말에 숨을 고른 야율한이 말했다.

"따님을 명교에 주십시오."

단도직입적으로 던진 야율한의 말에 놀란 표정을 감추지 못하며 장원주가 물었다.

"명교에 달라 하심은……?"

"제 사형이 아직 혼인 전입니다."

야율한의 그 말에 자신만큼이나 당황해 있는 교주를 바라본 장원주가 물었다.

"제 여식이 성혼한 것은 아십니까?"

"압니다. 죽은 이와의 성혼이었다는 것도. 그리고 이젠 그나마 시댁도 없어졌다는 것도 압니다."

"인연이란 사라진다고 끊어지는 것이 아닙니다."

"하면 따님을 저렇게 처녀로 늙어 죽이실 생각이십니까?"

"새삼 새로운 인연을 찾아 세상의 손가락질을 받느니 그것도 나쁘지 않다고 생각합니다."

흔들림 없는 장원주의 답에 야율한이 말했다.

"누구도, 세상의 그 어떤 사람도 손가락질할 수 없을 겁니다."

"세상의 인심이 그리 아름답지만은 않답니다."

"아름다워서가 아니라 두려워서 손가락질을 하지 못할 것이기 때문입니다."

야율한의 말에 그의 허리어림에 차고 있는 두 자루 칼을 일별한 장원주가 물었다.

"희연이 명교란 무림의 문파로 시집을 갔다는 소문은 들었습니다. 그러니 두 분도 그 명교 분이시겠지요."

"맞습니다."

명교의 이름이 거론되었기 때문인지 가슴을 쭉 펴는 야

율한의 답에 장원주가 말을 이었다.

"저는 강호의 일에 무지하여 문파간의 일은 잘 모릅니다. 하여 명교가 얼마나 강성한 문파인지도 잘 모르지요. 하나 한 가지는 압니다. 칼로 흥한 자, 칼로 망한다는 진리를요."

아무리 무림을 모른다지만 칼 찬 무림인을 앞에 놓고 저런 말을 할 수 있다는 것만으로도 장원주가 얼마나 당찬 사람인지 알 수 있었다.

물론 야율한도 그런 말에 물러설 사람은 아니었지만.

"해서 못 주시겠단 말씀이십니까?"

"우리와의 연이 없다는 말씀을 드리는 것입니다."

"나는 연이 절로 생기는 것이 아니라 만드는 것이라 생각하는 사람입니다. 그래서 묻지요. 우리가 어떻게 하면 연이 있다고 믿으시겠습니까?"

야율한의 물음에 잠시 그를 바라보던 장원주가 교주에게로 시선을 바꿨다.

"어째 당사자는 아무 말씀이 없으시군요. 거기다 흔들리는 눈빛에 두려움이 담긴 입술. 정작 혼인의 당사자는 결심을 못 하였다는 생각이 듭니다만 제가 무슨 방법을 제시한다 한들 소용이 있겠습니까?"

장원주의 물음에 곁을 바라본 야율한의 입이 다물렸.

교주의 눈동자가 아직도 흔들리고 있었기 때문이다.

이젠 자신의 손을 떠났다는 걸 직감한 야율한이 기다리는 가운데, 교주의 눈동자가 흔들림을 멈췄다.

"한 가지만 물읍시다."

"말씀하시지요."

"정녕 딸이 저리 말라 죽는 것을 원하는 거요?"

"세상 어떤 아비가 그런 것을 원할까요?"

"한데 어찌 반대를 하시오?"

"이름 없는 서생이 달려와 지금의 말을 했다면 난 어쩌면 두 팔을 벌려 환영했을지도 모르겠습니다."

장원주의 답에 교주의 눈빛이 차갑게 가라앉았다.

"하면 내가 무인이라 안 된다는 소리요?"

"못난 부모 만나 제 혼사로 가문을 지킨 아이지요. 이제 다시 개가시킨다며 거친 칼의 세상으로 등을 떠밀 수는 없는 노릇이 아닙니까?"

"나는 무인으로 여식을 달라 하는 것이 아니오."

"그렇다고 칼이 난무하지 않는 세상으로 데려가시겠다는 소리도 아니지요."

고집이 느껴지는 장원주의 답에 교주가 야율한을 가리키며 말을 이었다.

"당금의 천하제일인으로 불리는 이요. 내 사제지요. 그리고 그 이전에 천하제일인으로 불렸던 사람이 나올시다."

"자랑스러우시겠습니다."

말은 그리했지만 눈빛은 그 말의 가치를 전혀 알지 못하는 이의 것이었다.

무림에 대해 전혀 알지 못하는 이의 전형적인 눈빛이었으니까.

모름을 떠나 아예 관심이 없다는 뜻이다.

그런 사람에게 천하제일인이니 뭐니 떠들어 봐야 소용이 없다는 걸 교주도 안다.

"혹 장원주가 아는 가장 강한 문파가 어디요?"

"남궁가의 이름이 높고, 무당이 또한 높은 곳에 있다 알고 있습니다."

장원주의 답이 나오기 무섭게 교주가 말했다.

"그 남궁을 봉문시킨 것이 바로 내 사제이고, 무당이 모두 달려와도 넘을 수 없는 것이 바로 나요."

그러니 누구도 감히 자신의 여자에게 칼을 들이댈 수 없을 것이란 말을 하고 싶었다.

그런 교주의 생각과 다른 말이 장원주에게서 나왔다.

"하면 장서가 처갓집의 문을 강제로 닫게 만들었단 말입니까!"

놀라다 못해 경멸의 빛이 역력한 장원주의 눈빛에 교주는 당황했고, 야율한은 심장이 덜컥 내려앉았다.

'처갓집의 문을 강제로 닫게 만든 사위'라는 장원주의 말이 그 어떤 칼보다 날카롭게 야율한의 심장에 내리꽂

힌 탓이다.

"그, 그건 수많은 도전으로 진즉 멸해야 했음에도 사제가 은혜를 베풀어……."

"일문을 멸문시킬 만큼의 죄라는 것이 과연 무엇입니까? 설마 죄 없는 양민들을 대량학살이라도 했답니까? 아니면 천고의 대죄라도 지었답니까?"

당황의 연속이었다.

그런 건 아니었으니까. 그래도.

"배, 배신을 밥 먹듯이……."

"배신을 하였다면 그 배신자만 징치하면 될 일이 아닙니까? 어찌 죄 없는 이들까지 모두를 죽일 생각을 하였었단 말입니까!"

장원주의 말에 결국 교주의 입이 다물렸다.

명분!

맞다. 백도 새끼들이 쉬지 않고 나불대던 명분이 부족함을 알아차린 것이다.

다른 백도의 놈이었다면 그냥 입을 찢어놓으면 그만이겠지만…….

"흐음……."

아무 말도 없이 침음을 흘리는 교주의 표정이 어두웠다.

야율한은 야율한대로, 교주는 교주대로 입을 다물자 장원주가 말을 이었다.

"이러한 것입니다. 바라보고 생각하는 바가 이리 다른 것입니다. 양측이 사는 세상이 그리 다르니 어찌 부족하다 하나 여식을 내어 드리겠습니까? 하니 다름을 아셨다면 어려움을 이해하시고 물러나시길 바랍니다."

완벽한 거절이었다.

야율한과 교주 둘 다, 아무 소리도 하지 못한 채 그렇게 장원주의 거처를 나와야만 했다.

터덜터덜 힘없는 걸음으로 외원의 거처로 나왔을 때, 그곳엔 뜻밖의 사람들이 기다리고 있었다.

"네들이 여기 왜?"

놀라는 교주의 물음에 장 노가 답했다.

"일행이라 하시어…… 아닙니까?"

놀라고 당황하는 장 노에게 야율한이 미소를 지어 보였다.

"일행이 맞습니다. 잘하셨습니다."

딴에는 안심시킨다고 지은 미소였지만 장 노의 눈에는 흉신악살의 잔혹한 흉소로 다가올 뿐이었다.

"그, 그러면 노, 노복은 이만……."

당황한 장 노가 황급히 물러가자 네 사람만이 방안에 덩그러니 남았다.

그런 어색한 침묵을 이 형이 깨었다.

"난 죄 없어. 얘가 오자고 했다고."

"쯧. 사내새끼가 그렇게 배포가 작아가지고서는! 그래,

내가 가자고 했다."

못마땅하다는 듯이 이 형을 흘겨보는 유랑의 말에 교주가 피식 웃었다.

"이유가 어쨌든 잘 왔다. 그렇지 않아도 마음이 울적했는데 술은 가지고 왔지?"

"술? 술은 쟤가 사는 거 아니었어?"

동그란 눈을 뜨고 자신을 바라보는 유랑의 물음에 야율한은 비로소 상황을 이해할 수 있었다.

"제가 사형께 한 말을 들었군요."

"엿들은 건 아니고, 들려서 들은 거야."

"그 말은 기막을 뚫을 수 있다는 뜻이군요."

야율한의 물음에 교주는 교주대로, 이 형은 이 형 대로 놀란 눈빛이었다.

그런 두 사람의 시선을 받으며 유랑이 딴청을 피웠다.

"여긴 손님한테 밥도 안 주나?"

괜히 애꿎은 매설원의 손님치레에 험담을 하는 유랑을 세 사람이 의미심장한 시선으로 바라보고 있었다.

* * *

결론적으로 말하면 이 형과 유랑은 술을 얻어먹지 못했다.

다음 날, 매설원을 빈손으로 나선 교주와 야율한은 남

궁희연과 함께 명교로 곧바로 귀환했기 때문이다.

 침울한 분위기를 타파하기 위해 야율한이 약속대로 술 한 잔 사겠노라 말했지만 교주가 거부했기 때문이다.

 그런 상황에서 이 형과 유랑이 할 수 있는 말은 아무것도 없었다.

 그렇게 교주의 맞선(?)은 얻은 것 없이 끝이 났다.

 문제는 그 이후였다.

 귀환한 교주가 이전과 달랐던 것이다.

 이 형의 표현에 따르면 어디 하나 고장 난 사람 같았고, 유랑의 표현에 의하면 실연당해 넋 나간 놈의 전형이었다.

 유랑의 평가를 처음 전해 들었던 야율한은 그건 아닐 거라고 생각했다.

 자신의 권유에 고개를 저었던 것은 교주였으니까. 그런 사람이 실연당한 듯 굴 이유가 없다고 생각했던 것이다.

 하지만 직접 마주한 교주는…….

"사형."

"응?"

"무슨 걱정 있으세요?"

"걱정은 무슨. 그냥 참 하늘이 높지?"

"예?"

"하늘 말이다. 오늘 따라 높구나. 저 높은 하늘을 나는 저 새 한 마리가 참 외로워 보이지 않느냐?"

그 말에 활짝 열린 창가를 통해 올려다본 하늘은 먹구름 잔뜩 끼어 낮았다.

그리고 새는······.

수십 마리가 떼를 지어 날고 있었다.

다만 그중 한 마리가 뒤처져 날고 있었는데 교주는 어떻게 딱 그 한 마리만 보았던 모양이다.

그런 하늘에서 시선을 내린 야율한이 교주를 조심스럽게 불렀다.

"사형."

"응."

여전히 하늘에 시선을 둔 채 답하는 교주의 음성에선 영혼이 하나도 느껴지지 않았다.

그런 교주에게 야율한이 다시 물었다.

"보고······ 싶으십니까?"

"보고야 싶지."

"그럼 억지로라도 데려올까요?"

"억지, 좋지."

여전히 하늘을 바라보는 교주의 답엔 영혼이 빠져 있었다.

"사형. 무인들 내보내서 소림을 쓸어버릴까요?"

"그것도 좋겠지."

이 형이 어디 하나 고장 난 사람 같다는 이야기가 왜

나왔는지 이해할 수 있는 대목이었다.

이미 멸문당한 소림을 쓸어버리자는데 좋겠다니.

더는 대화를 나누어 봐야 소용이 없다는 걸 알아차린 야율한이 교주의 방을 나섰다.

그러자 기다리고 있던 이 형이 다가왔다.

"어때, 뭔가 하나 고장 났지?"

"……."

이 형의 물음에 아무 말 없이 쓰게 웃어 보이는 야율한에게 이번엔 유랑이 다가섰다.

"실연이야. 내가 실연당한 놈들 잘 안다니까."

"어떻게요?"

"그건…… 그러게 내가 어떻게 잘 알지?"

연신 고개를 갸웃거리는 유랑의 모습에 어이없는 표정이 된 야율한이 신형을 돌리자 이번엔 걱정 가득한 혈검대주가 나섰다.

"그냥 두실 겁니까?"

"일단 잠시 두고 보죠."

"다른 때 같으면 그러겠습니다만 아시겠지만 며칠 후면, 마문의 수장들이 참석하는 마도회의가 열립니다."

"아!"

야율한도 잊고 있었다.

애초에 교주가 주관하고, 군사가 실무를 처리하는 일이

라 부교주인 야율한이 특별히 신경 써야 할 이유가 없는 일이었기 때문이다.

일전에 교주가 말했던 대로 회의가 열리면 잠시 참석해 얼굴만 비춰주면 되는 일이었으니까.

솔직히 교주도 큰 의미를 두는 회의도 아니었다.

의례적으로 마문들에게 '명교가 너희를 잊고 있지 않다' 정도를 확인시켜 주는 자리였으니까.

그렇게 명교에는 중요한 일이 아닌 일이었지만 마문들에겐 꽤 중요한 일로 취급된다.

여전히 명교가 자신들을 인정해서 칼날을 돌리지 않을 것이라는 안도감을 얻는 자리였기 때문이다.

왜 이게 마문들에게 중요했는가 하면 이 만남에서 교주가 어떤 문파에 어떤 입장을 취하냐에 따라 해당 마문의 운명이 바뀐 적이 있었기 때문이다.

한마디로 교주의 눈 밖에 난 마문은 실제로 얼마 지나지 않아 명교의 손에 멸문당한 일이 적지 않았던 것이다.

그런 회의에서 교주가 지금 같은 모습이라면?

마문들의 위기감은 최고조를 달릴 것이다.

일전에 야율한이 마문의 고수들을 불러 지금까지 수련을 맡아오면서 한층 가까워진 양측의 관계가 단밖에 깨질 수 있는 위험한 일이었던 것이다.

그걸 혈검대주의 말로 깨달은 야율한이 난감한 표정을

지었다.

이미 말했지만 이 일은 오로지 교주의 권한이다. 부교주인 야율한이 왈가불가할 사안이 아니라는 뜻이다.

실제로 얼굴을 내비치라는 말도 그가 부교주라서가 아니라 교주가 자랑하기 위해서 하는 일이다.

천하제일인으로 당금 무림에 가장 강력한 영향력을 행사하는 이가 야율한임을 부정할 수는 없는 일.

그런 사제를 마문의 수장들에게 내보임으로써 '자랑'하고 싶은 것이다.

〈넌 이런 사제 있냐? 난 있다!〉

혹자는 부교주를 내보임으로써 마문들을 겁주기 위해서라지만 아니다.

군사나 혈검대주가 익히 아는 교주는 딱 그거였으니까.

유명한 사제 팔불출인 교주가 그렇게 자랑하기 좋은 기회를 놓칠 인사가 아니었으니까 말이다.

문제는 교주가 그렇게 사제를 자랑하는 정도의 자리로 생각하는 마도회의가 오로지 교주의 권한 안에 있다는 점이었다.

다시 말해 부교주는 마문의 수장들이 들어오는 이번 회의에 그 어떠한 형태로도 영향력을 행사할 수 없다는 것이다.

명교의 규칙이 그랬다.

그걸 깨고 개입하면, 권력의 이동이 시작됨을 선포하는 셈이다.

야율한의 마음이 어떠하든지, 이후의 행동이 어떻게 되든지 상관없이 명교의 무인들이 부교주가 교주의 권위에 도전하기로 선포한 것으로 받아들일 테니까.

그렇게 되면 명교는 소용돌이에 휩싸일 것이다.

교주의 권위와 명분에 충성하는 이들과 부교주의 능력에 지지를 보내는 이들로 나뉘어 피 튀기는 혈전이 벌어질 테니까.

그걸 누구보다 잘 아는 야율한이다.

그러니 자신이 개입할 여지는 아무것도 없었다.

결국 야율한은 신형을 돌려 방금 나온 교주의 방으로 다시 들어갔다.

"사형."

"왜?"

여전히 창밖에 시선을 고정한 채 넋 나간 표정으로 답하는 교주에게 야율한이 물었다.

"내가 가서 데려올게요."

"좋지. 데려오는 거."

"매설원, 까짓거 담장 좀 넘으면……."

"매설원 좋지. 담장 넘는 거 좋, 뭐! 어디?"

이제야 고개를 돌린 교주의 눈에 비로소 초점이 돌아왔다.

그런 교주에게 야율한이 물었다.

"정말로 설 소저 때문에 이러는 겁니까?"

"뭐, 뭐가?"

"사형 지난 며칠간 정신 나간 사람 같았던 거 압니까?"

"무, 무슨 소리야!"

"아니라고만 할 게 아니에요. 정말 설 소저에게 마음에 있긴 하죠?"

"아, 아니야."

"그럼 데려오지 말까요?"

야율한의 물음에 교주는 얼른 답을 하지 못했다.

그런 교주에게 야율한이 물었다.

"마음이 있는 건 확실하죠?"

다시금 확인 차 묻는 질문에 교주가 답은 않고 털썩 의자에 주저앉았다.

"바보 같았냐?"

"정신 나간 사람 같았죠."

"흠……."

야율한의 답에 한참 침음을 흘리던 교주가 말문을 열었다.

"나도 날 잘 모르겠다. 딱히 나랑 맞는 사람은 아니라는 걸 머리는 아는데, 이상하게 마음이 자꾸 쓰인다. 요

입장의 차이 〈101〉

샌 꿈도 꾼다. 어이없지?"

"그럼 마음에 드신 거잖아요."

"그게, 정말 머리는 안 다니까. 그 여잘 데려오면 행복하지 않을걸. 그냥 그 여자한테는 이곳이 또 다른 감옥이 될 거란 걸 안다고. 그런 상태로 좋을 수는 없지. 그건 나라도 알아."

"그렇게 느끼지 않게 잘해 주시면 되죠."

야율한의 말에 교주가 피식 웃었다.

"그게 넌 네 마음대로 되디? 제수씨한테 벌어지는 일들이 네가 원하지 않는 방향으로 움직여지는 게 없었냐고?"

교주의 물음에 야율한은 답을 하지 못했다.

당장 남궁희연이 적의 손에 떨어지는 일조차 막지 못했으니까.

그 탓에 아무런 말도 하지 못하는 야율한을 바라보며 교주가 말했다.

"너도 그런데 나야 뭐, 교주가 다 마음대로 하는 거 같아도. 교주라서 더 할 수 없는 일들이 많다. 그 안에서 그녀가 받을 상처들을 이미 알아, 내가."

"사형……."

"그리 애처롭게 부를 거 없어. 솔직히 그녀가 제수씨처럼 강호의 여식이었다면 시도라도 한번 해 봤을 거야. 무림에 대한 내성은 좀 있을 테니까. 한데 이건 아니잖아.

내가 단념하는 게 맞지."

생각 외로 깊어 보이는 교주의 마음에 야율한은 놀라고 있었다.

그가 아는 교주라면 이런 일엔 상대의 입장을 배려해 주기보다는 자신의 욕심을 먼저 채울 사람이었으니까.

한데 그 모든 것을 넘어 그녀를 먼저 배려하고, 그녀의 입장을 이해하고 있었다.

그게 오히려 야율한에게 교주를 더 애틋하게 만들었다.

"사형……."

애처롭게 부르는 자신에게 그저 쓰게 웃어 보이는 교주가 야율한은 왠지 더 좋았다.

그날 교주의 거처를 나선 야율한이 가장 먼저 찾아 간 곳은 남궁희연의 처소인 서각이었다.

평소보다 이른 시간에 찾아온 야율한이 길게 늘어놓은 이야기를 모두 들은 남궁희연이 부드럽게 웃었다.

"그러니까, 부교주님의 말씀은 교주께서 설 언니를 정말로 마음에 두고 있다는 뜻이네요?"

"그…… 렇죠. 문제는 사형의 걱정이 기우만은 아니라는 겁니다. 당장 남궁 소저부터 어려운 일이 하나둘이 아닌데 교주인 사형의 정혼자면……."

"제게 닥친 일은 제가 해결합니다. 그 정도는 할 수 있어요."

"아, 알지요. 알면서도 미안한 건 미안한 거니까요."

야율한의 말에 다시 한번 부드럽게 웃어 보인 남궁희연이 말했다.

"그 마음 변치 마세요."

"네?"

"절 좋아하니까 미안한 걸 테니까요."

"그, 그야 당연히……."

"그럼 되었어요. 그럼 우리 이야기는 그것으로 마무리 짓고, 설 언니를 다시 만나 보죠."

"언제 갈까요?"

"길어서 좋을 건 없어 보이는데요. 지금 가능할까요?"

"저야 얼마든지!"

반색을 내보이는 야율한에게 남궁희연이 미소 지었다.

"그럼 가죠."

남궁희연의 음성이 주는 여운이 사라지기도 전에 서각에서 야율한과 남궁희연의 모습이 사라졌다.

* * *

왠지 무거운 표정으로 찻물을 내리던 설인화의 눈앞이 흐릿해졌다.

눈이 침침해졌다기보다는 눈앞의 공간이 아지랑이처럼 일렁이며 일그러졌다는 것이 맞는 표현일 터였다.

그런 느닷없는 변화의 끝에서 허공이 불쑥, 남궁희연과 야율한을 토해 놓았다.

"어마!"

해연히 놀란 설인화가 놓친 찻주전자를 야율한이 자연스럽게 받아 제자리에 두었다.

그런 놀라운 움직임을 보인 야율한을 동그란 눈으로 바라보는 설인화에게 남궁희연이 말했다.

"미안해요. 갑자기⋯⋯ 놀랐죠?"

"조, 조금. 그런데 어떻게 허공에서⋯⋯?"

"경공이라는 거예요. 조금 빠르게 이동하는 방법이죠."

"그럼 그것도 무공?"

"네."

남궁희연의 답에 설인화가 물었다.

"남궁 동생도 무공을 할 줄 알아?"

"⋯⋯."

아무 말 없이 고개를 내젓는 남궁희연의 모습에 설인화가 궁금한 듯 물었다.

"하면 어떻게 남궁 동생이?"

"부교주님이 절 데리고 이동하신 거니까요."

"그런 것도 가능해?"

"그럼요."

남궁희연의 답에 설인화의 눈빛이 왠지 반짝이고 있었다. 그런 그녀가 물었다.

"그런 경공이면 멀리 동정호나, 높은 태산도 금방 오를 수 있나?"

설인화의 물음에 남궁희연은 야율한을 돌아봤고, 야율한은.

"당연히 가능합니다만 업거나 안아서 이동해야 하기 때문에 신체적인 접촉이…… 하여 제가 해 드리기엔 어렵습니다."

난감한 표정인 야율한의 답에 설인하과 물었다.

"혹시 교주란 분도 가능한 일인가요?"

"당연히 사형도 가능하죠."

야율한의 답에 설인화의 시선이 남궁희연에게로 돌아갔다.

"남궁 동생이 다시 왔다는 건 내게 할 말이 있다는 뜻 같은데?"

"네. 교주께서……."

"좋아."

"네? 언니한테 내가 무슨 소리를 할 줄 알고요?"

"교주란 분이 날 데려오라고 한 거 아니야? 난 좋다고."

전혀 생각지 못한 전개에 남궁희연은 야율한을 돌아봤고, 야율한은 남궁희연만큼이나 당황한 빛으로 그녀를 마주 바라봤다.

* * *

매설원의 내원, 그중에서도 심처에 해당하는 장원주의 거처엔 세 사람이 마주 앉아 있었다.

한 명은 방의 주인인 장원주였고, 또 다른 한 명은 관리를 뜻하는 사모(紗帽)를 쓴 중년 사내였다.

그리고 마지막 한 명은 기골이 장대한 사내였는데 커다란 칼까지 차고 있었다.

"왕부에서 이리 제 여식을 높이 보아주시니 감개무량합니다."

고개를 깊숙이 숙이는 장원주에게 상석에 앉은 사모 쓴 중년 사내가 미소를 지으며 답했다.

"그게 다 매설원의 복이겠지요."

"감읍할 뿐입니다. 하면 혼례는 언제……?"

"왕야께선 빠르면 빠를수록 좋다 하셨습니다."

"저희는 왕야의 뜻에 따라 아무 때라도 상관없습니다."

"그럼 아예 이달을 넘기지 말고 치르시죠."

"이, 이달이라 해 봐야 이제 겨우 열흘 남짓 남았습다만……."

당황하는 장원주에게 사모를 쓴 중년 사내가 말했다.

"뭐가 문젭니까? 준비는 왕부에서 모두 다 할 터이니 그냥 왕부로 들어가면 그만일 것을요."

"혼례는 신부의 집에서 치르는 것이 상례가 아닙니까? 어찌 신랑의 집인 왕부에서……."

"왕부의 혼례가 아닙니까? 황상이나 황자분들의 혼례가 신부의 집에서 치러졌다는 말을 들어본 적이 있으십니까?"

"그, 그건……."

답을 하지 못하는 장원주에게 사모를 쓴 중년 사내가 미소로 말을 이었다.

"황족의 혼례가 다 그러하지요. 황실의 일원인 왕부의 혼례도 마찬가지입니다. 왕부에서 치르니까요."

"그렇군요. 하면 저희는 무얼 준비하면 되올지?"

"왕야께서 이번 혼사를 결정하시면서 모든 준비는 왕부에서 할 것이니 신부 측은 따로 준비할 것이 없다 명하셨습니다. 하니 그냥 몸만 가면 될 일입니다."

가뜩이나 가진 것이 없던 매설원의 입장에선 이보다 반가운 일이 없었다.

그 탓에 벌어지는 입을 매설원의 장원주는 감추지 못했다. 그런 그에게 사모를 쓴 중년 사내가 은근한 음성으로 물었다.

"그럼 오늘 허락하신 것으로 알고, 아예 내일 저희와 함께 따님을 모시고 왕부로 들어가시지요."

사모를 쓴 중년 사내의 말에 잠시 흠칫 거렸지만 장원주는 이내 웃음을 지었다.

"알겠습니다. 말씀대로 이미 결정을 한 것, 그리 따르겠습니다."

"하하하. 역시 매설원의 장주십니다. 이로써 영강왕부와 매설원이 한 집안이 되었습니다, 그려. 하하하"

사모 쓴 중년 사내의 웃음에 매설원의 장원주도 함께 웃었다.

이전에 비해 황권이 많이 바로 세워졌다지만 아직도 남부에선 황권보다 권신들의 힘이 강하게 통용되었다.

특히 절강성 영강에 자리 잡고 있는 영강왕부의 힘이 강했다.

십오만에 달하는 영강왕부의 사병이 그것을 가능케 했기 때문이었다.

그런 커다란 권문과 사돈이 된 것에 매설원의 장주도 기쁘지 않을 수 없었다.

물론 그렇게 강력한 권력 때문에 기쁘다는 것은 아니었다.

왕부의 사돈이 되었다고 출사를 한다거나 중앙 정계로 나갈 생각은 아예 없었으니까.

그럼에도 영강왕부와의 혼사에 매설원 장원주가 기뻐

했던 것은 그들이 갖고 있는 금력 때문이었다.

남부오대 갑부에 빠지지 않고 이름을 올리는 이들이 바로 영강왕부였으니까.

그들이 조금만 도와주면 매순간 존립을 걱정해야 할 만큼 재정적 어려움을 겪고 있는 매설원이 풍파를 헤쳐 나갈 힘을 얻을 수 있을 거란 판단이 들었던 것이다.

그러니 이번의 혼례는 아무리 잘 포장해도 여식을 영강왕부에 팔아넘기는 일이었다.

알면서도 거부할 수 없을 만큼 어려운 것이 매설원의 현실이었다.

그리고 여식인 설인화에게 불리하기만 한 혼사가 아니라는 판단도 있었다.

이쪽은 생과부일지라도 혼례를 한번 했었다는 흠결이 있었으니까.

하지만 왕부의 둘째 공자는 초혼이었다. 총각이란 뜻이다.

물론 과부를 찾을 만큼의 흠결은 그쪽도 있긴 있었다. 영강왕부의 병력을 이끌고 참전했던 전투에서 큰 부상을 당해 하체를 쓸 수 없었으니까.

달리 말해 성혼을 해도 자손을 볼 수 없다는 뜻이다.

유교가 중요한 가르침이 된 시대라 해도 그 정도면 신부가 된 여인에겐 고행과 다름이 없는 일이었다.

신랑이 사내구실을 할 수 없는 사람이었으니까.

그래도 그냥 두면 어차피 이대로 늙어 죽을 팔자인 것이 설인화의 입장이었다.

그러니 그렇게 말라 죽는 것보다는 사내구실 못하는 사람일지라도 여생을 남편의 그늘 아래 사는 게 나으리라 판단했던 것이다.

적어도 설인화는 왕부의 식구로 떵떵거리며 살 수 있을 테니까.

그것이 매설원의 장원주가 영강왕부의 청혼을 받아들인 진짜 이유였다.

그렇게 양측의 혼례를 성공시킨 뒤, 장원주가 내어 준 귀빈실로 자리를 옮긴 사모 쓴 중년 사내에게 기골이 장대한 사내가 물었다.

"나 판관. 이 혼사가 정말 왕부에 도움이 되는 혼사이긴 하는 겁니까?"

나 판관이라 불린 사모 쓴 중년 사내가 자신에게 물음을 던진 기골이 장대한 사내에게 답했다.

"이 장군이 잘 몰라서 그럽니다. 매설원은 선비들에겐 꽤나 유명한 곳이죠. 지조도 높고, 학식도 상당한 곳이니까요."

"그래도 전조의 냄새가 짙게 베인 곳이라 들었습니다만."

"솔직히 전조에 한발 안 걸친 서원이 있었답니까? 그걸

입장의 차이 〈111〉

로 트집 잡으면 중원의 서원 중 팔 할을 버려야 할 겁니다. 그건 불가능하죠."

"그럼 왕부의 일에 매설원의 학사들을 쓰실 생각이신 겁니까?"

이 장군의 물음에 나 판관이 고개를 저었다.

"그건 아니죠. 아마 매설원도 그럴 생각은 아닐 겁니다."

"한데 굳이 왜……?"

의아한 표정인 이 장군에게 나 판관이 답을 이었다.

"우리 영강왕부를 세상 사람들이 무어라 부르는 줄 아십니까?"

"남부 제일 왕부?"

"그렇게 부르기도 합니다만 무부들의 천국이라고도 부르죠."

"나 판관!"

기분 나쁜 표정을 감추지 않는 이 장군에게 나 판관이 씨익 웃어 보였다.

"장군이 듣기엔 불편하겠습니다만 저 같은 문인들에겐 그게 굉장한 장애물입니다. 기껏 왕부에 몸을 담아 무관들의 들러리나 서고 싶은 문인은 없는 법이니까요."

"그 말은……?"

"쓸 만한 문인을 얻기 어렵다는 소립니다. 그러니 매계획마다 허점이 생기고, 왕부의 대사를 그르치는 것이죠.

그 악순환을 깨기 위해서는 문인들의 부정적인 인식을 깨야 하고, 그러기 위해 매설원이 필요한 겁니다."

"매설원의 이름을 얻으면 우리에게 드리워져 있는 그 인식이 깨진다는 겁니까?"

이 장군의 물음에 나 판관이 고개를 끄덕였다.

"매설원과 사돈을 맺음으로써 우리 왕부가 문인을 중히 여긴다는 신호를 보낼 수 있게 되는 것이니까요."

"우린 그렇다 치고 하면 매설원은 무엇을 얻게 됩니까? 솔직히 신랑감만을 놓고 보면 좋은 자리라고만은 할 수는 없질 않습니까?"

무관 출신이라 그런지 가리는 것 없이 솔직하게 물어오는 이 장군의 물음에 나 판관이 빙긋이 웃으며 답했다.

"매설원은 왕부의 자금 지원을 얻게 될 겁니다. 그러니 일종의 거래인 셈이죠."

"거래라…… 돈을 줘야 하는 것이라면 우리가 밑지는 장사는 아닙니까?"

"그런 거래였다면 제가 자청하여 예까지 나오지도 않았을 겁니다."

나 판관의 답에 이 장군의 고개가 끄덕여졌다.

"하긴 우리 왕부 최고의 지낭이신 나 판관의 판단이 그러하다면 믿어야겠지요."

"믿으십시오. 우리 왕부에 날개를 달아줄 혼사이니까요."

"알겠습니다. 그렇게 말씀하시니 믿고 따르지요."
"고맙습니다."
나 판관의 인사에 이 장군이 작게 웃어 보였다.
매설원의 귀빈실에서 그와 같은 대화가 벌어질 때 가까운 내원의 다른 방에서는 설인화를 비롯한 이들 사이에서 꽤나 중요한 대화가 이루어지고 있었다.
갑자기 태도를 바꾼 설인화에게서 궁금증이 생긴 남궁희연의 끈질긴 물음에 결국 사실대로 이야기가 나온 것이다.
그렇게 설인화의 이야기를 모두 들은 남궁희연이 당황스러운 표정을 지어보였다.
"그러니까 영강왕부에서 언니한테 청혼을 했단 말이에요?"
"맞아. 아버님은 아마 그 청혼을 받아들이실 거야."
설인화의 답에 가만히 기억을 더듬던 남궁희연이 의아한 표정으로 물었다.
"영강왕부의 공자라면 둘 뿐이고, 첫째는 이미 성혼한 것으로 아니 결국 둘째?"
놀란 눈을 뜨는 남궁희연에게 설인화가 고개를 끄덕였다.
그런 설인화의 확인에 남궁희연이 놀란 음성으로 터트렸다.

"맙소사! 바퀴 의자를 타는 사람한테 시집을 간단 말이에요!"

남궁희연의 경악성에 설인화는 그저 희미하게 웃어 보일 뿐이었다.

이제야 관심이 없다던 설인화가 적극적으로 변한 이유를 이해할 수 있었다.

남자 구실을 하지 못하는 신랑에게 시집을 가야 했으니까.

그런 남궁희연의 생각을 알면서도 설인화는 아무 소리도 하지 않았다.

사실 그녀가 이번 혼례를 걱정하는 것은 신랑의 문제가 아니었다.

남자, 여자. 그런 문제에서 떠나야 한다는 것은 이미 생과부가 되면서 각오한 일이었으니까.

정작 그녀가 두려워했던 것은 매설원보다 더 높은 왕부의 담장 아래 평생을 갇혀 살아야 한다는 것이었다.

모든 황족과의 혼례가 그렇듯이 왕부로 들어가면 죽어 시신이 되기 전에는 왕부 밖으로 나올 수 없는 것이 바로 황실 여인의 숙명이었기 때문이다.

그렇게 세상을 마감하고 싶진 않았던 것이다.

그것이 거칠 것이 뻔한 무림문파로 나아가는 설인화의 두려움을 꺾어 버릴 정도로 컸던 것이다.

여하간 두 여인의 대화에서 문제를 인식한 야율한은 설

인화에게 다시 한번 물었다.

"사형께 가겠다는 결정에 변화는 없습니까?"

"없어요. 전 그분께 가겠어요."

이유가 어디에 있든지 설인화의 확고한 결심을 확인한 야율한은 그길로 움직였다.

자신의 눈앞에서 사람이 흩어져 사라지는 광경을 목격한 설인화는 놀란 눈을 감추지 못했다.

그런 그녀에게 남궁희연이 재빨리 설명했다.

"저런 것이 경공이에요. 너무 빨리 움직여 잔상이 흩어지는 것처럼 보이는 것이죠."

"하지만 문조차 열리지 않았는걸?"

"수준 높은 경공의 경우 술법에 가까운 이동능력을 보여요. 작은 틈만 있어도 이동이 가능하죠."

"무림인들은 모두 저런 능력이 있는 거야?"

놀란 눈으로 묻는 설인화에게 남궁희연이 고개를 저었다.

"설마요. 아마 무림에서 다섯 손가락 안에 들어야 가능할 거예요."

"다섯 손가락? 그럼 네 신랑이!"

커다랗게 변한 눈으로 바라보는 설인화에게 미소 지어 보이는 남궁희연의 가슴이 어쩐지, 이전보다 훨씬 앞으로 내밀어져 있는 느낌이 들었다.

* * *

 설인화의 거처를 나선 야율한은 일전에 안내되었던 장원주의 거처로 움직였다.

 그 탓에 마침 이것저것 정리하여 설인화의 거처로 향하려던 장원주와 그의 방문 앞에서 정면으로 부딪쳤다.

 귀신처럼 흐릿한 신형이 눈앞에 나타나는 통에 혼비백산하여 주저앉은 장원주의 시선에 점점 또렷해지는 야율한의 모습이 보였다.

 "괜찮으십니까?"

 난감한 표정으로 묻는 야율한에게 주저앉은 장원주가 놀란 표정으로 물었다.

 "그, 그대는 희연의……?"

 "맞습니다. 남궁희연 소저의 정혼자입니다."

 "아니 그대가 어찌 이곳에……?"

 여전히 놀람을 제대로 수습하지 못한 채 묻는 장원주에게 야율한이 답했다.

 "청혼을 다시 드리려 찾아왔습니다."

 "청혼이라니 무슨……? 설마 이전의 그 말씀이라면 이미 거절한 것으로 압니다만."

 표정을 굳히며 자리에서 일어서는 장원주의 기세는 단

호했다.

그런 장원주에게 야율한이 말했다.

"무림의 문파들이 간혹 제멋대로 일을 처리하는 것을 아실 겁니다."

"하면 그대들이 이번에 그리 하겠단 소리요!"

"허락하시면 정상적인 절차를 밟을 것입니다."

"못한다면?"

"오늘 밤 따님을 데리고 떠날 겁니다."

"갈! 감히 남의 아내를 약취하려 들다니 국법이 두렵지 아니한가!"

서슬 퍼렇게 외치는 장원주의 기개에선, 귀신인 줄 알고 놀랐던 직전의 두려움은 어디에서도 찾아볼 수 없었다.

그런 그에게 야율한이 말했다.

"자랑은 아닙니다만 무림은 국법이 통용되는 세상은 아닙니다."

"가, 감히 국법을 업신여기는 것인가!"

"무림의 태생이 그러하다는 말씀입니다. 그리고 남의 아내라 하나 이미 그 신랑도 죽고, 시댁마저 사라졌으니 개가를 하지 못할 이유가 없질 않습니까?"

"무슨 소리! 우리 인화는 이미 다른 곳으로 개가하여 나가기로 결정이 났소이다. 그것도 왕부로! 황실로 시집을 간다, 그 말이오!"

"청혼이 들어왔다는 소리는 들었습니다만 아지 결정은 나지 않은 것으로 압니다만."

"났소. 이미 그리 하기로 양가가 합의를 했단 말이요!"

"당사자도 모르게 말입니까?"

"혼인이 어찌 당사자만의 문제겠소. 가문과 가문의 결합이니 웃어른들의 결정이 곧 혼례의 결정인 것을!"

무부라더니 그런 기본적인 예법도 모르냐는 경멸 어린 눈빛이었다.

그런 매설원 장원주의 눈빛에 야율한은 미소를 그려 보였다.

"하면 장원주께서는 여식을 도둑질 당하실 겁니다."

"뭐, 뭐라!"

버럭 화를 내는 장원주의 음성이 모두 울려 퍼지기도 전에 눈앞에 서 있던 야율한의 신형이 사라졌다.

계속 말싸움을 해 봐야 해결점을 찾을 수 없다는 걸 깨달은 야율한이 행동을 하기로 결정했던 것이다.

그렇게 사라진 야율한이 다시 모습을 드러낸 것은 설인화의 방이었다.

그렇게 돌아온 야율한에게서 장원주의 결정을 전해 들은 설인화는 곧바로 짐을 쌌다.

달려올 장원주보다 빨라야 했기에 설인화가 그렇게 챙긴 짐은 당장 갈아입을 옷 한두 가지를 넣은 작은 보따리가 다였다.

 그렇게 보따리를 챙긴 설인화를 남궁희연이 부둥켜안고, 그런 남궁희연을 야율한이 안고는 그대로 사라졌다.

 그것이 이후, 매설원 납치 사건이라 불리게 되는 일의 시작이었다.

※ ※ ※

 뒤늦게 설인화의 방으로 들이닥친 장원주는 혼자가 아니었다.

 나 판관은 물론이고, 칼까지 뽑아 든 이 장군을 대동하고 있었던 것이다.

 그들은 텅텅 빈방을 보고 크게 놀랐다.

 특히 이 장군의 분노가 컸다.

 "감히 왕부와의 혼례를 결정하고, 이 무슨 해괴한 짓인가!"

 서슬 퍼런 이 장군의 힐난에 장원주가 사색이 되어 고개를 저었다.

 "어찌 매설원이 그리했겠습니까! 이것은 명교의 교주라는 자와 그 사제되는 이의 못된 짓거리, 그렇지. 납치, 납치입니다!"

 난감한 상황에 빠져 있던 나 판관의 눈빛이 반짝인 것

은 바로 그 순간이었다.

매설원 정도의 명성을 가진 서원을 남부에서 다시 찾는 것은 거의 불가능했다.

그 말은 왕부의 입김이 작용할 수 있는 지역에서 얻을 수 있는 최대의 효과가 바로 매설원뿐이라는 소리였다.

그것을 포기하지 않아도 되는 방법이 방금 장원주의 입에서 나온 것이다.

이미 딸이 사라졌으니 장원주가 포기하고 명교란 곳에 시집을 보내기로 한다면 아무리 왕부라 한들 달리 방법이 없었으니까.

하지만 신붓감의 아비가 납치라고 주장을 한다면 상황은 달라진다.

영강왕부가 중간에 끼어들 명분이 생기기 때문이다.

그것을 놓칠 나 판관이 아니었다.

"납치! 그렇지. 이건 납치지요. 이 장군은 속히 이 납치 사건을 왕부에 알려 바로 잡으시길 바랍니다."

이번 임무의 책임자는 나 판관이었다. 동행한 이 장군의 위치가 왕부에서 나 판관보다 높은 곳에 있다 해도 그건 돌아간 후의 일이다.

이 장군은 그 정도의 분별력은 있는 사람이었다.

그리고 그런 이 장군의 분별력은 이번에도 나 판관의 판단력을 신뢰하라고 말하고 있었다.

그것이 두 말없이 분노를 가라앉히며 고개를 숙인 이유였다.

"알겠습니다. 나 판관의 뜻에 따라 곧바로 왕부에 전갈을 전해 이 납치 사건을 해결하겠습니다."

"믿고 이곳에서 기다리겠습니다."

그 사이 매설원의 입장이 바뀌는 것을 막아 두고 있겠다는 뜻임을 이 장군은 이번에도 알아들었다.

"예. 나 판관!"

그것을 끝으로 이 장군은 바쁜 걸음으로 매설원을 떠났다.

바야흐로 남부의 군왕이라 불리는 영강왕부의 손길이 무림으로 향하게 되는 단초가 그리 만들어지고 있었다.

* * *

중원의 남부에서 그런 복잡한 일들이 벌어지는 동안 해남에선 결국 기다리던 만사접황의 인내심이 바닥을 드러냈다.

"이년이 뭍으로 올라가서는 까마귀 고기를 처먹었나, 왜 소식이 없어!"

온통 피바다가 되었다는 소식이 전해져 오지 않은 것에 대한 분노였다.

개판이 될수록 자신의 힘은 커지고, 그렇게 커진 힘으로 다시 강신인을 늘려 결국 그 힘으로 중원 무림을 피바다로 채워 넣으려던 것이 만사겁황의 계획이었다.

그걸 계획한 제 문사, 그러니까 제갈기연은 방방 뛰는 만사겁황에게 물었다.

"그녀에게 무언가 문제가 생긴 건 아닐까요?"

"그년에게 문제? 피를 너무 많이 처먹어서 배탈이 난 게 아니라면 문제가 생길 이유가 없어! 그년을 막을 수 있는 존재가 현세에 있을 턱이 없으니까!"

"하지만 부교주와 교주가 힘을 합하면……."

"흥! 부교주와 교주가 넷이 있어도 안 돼! 그년의 힘은 사람으로는 절대로 막을 수 없는 것이니까!"

"하지만 현세에선 본래의 십분의 일만 힘을 발휘할 수 있다면서요."

"그년은 그 정도로도 충분해."

만사겁황이 이 정도로 단언한다면 능력은 확실할 터였다.

그럼에도 이런 상황이라면, 이젠 제 문사조차 의아해질 수밖에 없었다.

"그럼 왜……?"

"그러니까 내가 열 받는 거라고! 이년 이거 나 엿 먹이려고 괜히 미적거리는 것이 분명하단 말이지!"

세상에 존재하는 온갖 욕설이란 욕설은 모조리 동원해 퍼부어대는 만사겁황의 서슬이 퍼랬다.

그래서 곧바로 뭍으로 뛰쳐나갈까 걱정했지만 만사겁

황은 미친 듯이 화를 낼뿐 뭍으로 나갈 생각은 없는 듯이 보였다.

그것이 궁금해서 조심스럽게 제 문사가 물었다.

"뭍으로 나가실 건 아니지요?"

"미쳤어? 그년을 풀어놓은 뭍으로 나가게. 거긴 그년이 존재하는 한, 지옥 한복판이야. 그 안으로 걸어 들어가면 아무리 나라도 무사치 못해."

만사겁황의 답에 제 문사는 일전에 보았던 유랑의 핏빛 잔치를 떠올렸다.

그때 전해진 충격과 공포는 확실히 만사겁황 이상의 것이었다.

그래서인지 뭍으로는 나가지 않겠다는 만사겁황의 답에 제 문사는 자신도 모르게 안도하는 자신을 발견할 수 있었다.

* * *

오늘도 산 아랫마을에서 당과를 비롯한 애들 주전부리를 한 아름 구걸하듯 빼앗아 돌아온 유랑은 혀를 차는 이 형의 곁에서 맛나게 당과를 핥고 있었다.

"창피하지도 않아?"

"내가 왜 창피해? 내 이름이 아니라 쟤 이름을 팔아서 얻어온 건데."

천연덕스러운 유랑의 말에 이마를 짚는 교주의 모습에 이 형이 미안한 표정을 지었다.

"미안하게 되었어. 내가 잘 타일러 볼게."

이 형의 사과에 교주가 불퉁거렸다.

"저게 사고를 쳤는데, 왜 네가 사과를 해? 설마 진짜 응응 한 거야?"

응응 이라는 단어에서 풍겨 나오는 저질스러운 느낌에 이 형이 펄쩍 뛰었다.

"뭔 소리야! 누구 혼삿길 막을 일 있어!"

"그런데 왜 네가 쟤 대신 사과야?"

"그야 같은 군식구니까!"

이 형의 답에 교주가 어이없는 표정으로 말했다.

"뭔 개소리야! 넌 이미 명교 가입절차까지 마친 명교의 무인이야. 네가 왜 군식구야?"

자신이 한 식구라고 강력하게 주장하던 그 명분이 다른 사람도 아니고, 교주의 입에서 나왔다는 것에 이 형은 꽤나 놀란 눈치였다.

"진짜로 그렇게 생각한단 말이야?"

"그럼 장난으로 치렀겠니?"

"그야 내가 반강제로……?"

"명교가 그리 우스워? 받아 주지 않을 거였으면 명교가 절단이 나는 한이 있었어도 네 수련은 물론이고, 가입승인은 허락하지 않았어."

"그, 그럼……?"

당황하는 이 형에게 교주가 말했다.

"저 계집은 모르겠지만 네놈은 빌어먹게도 한 식구라는 뜻이지."

"크, 크하하, 크하하하하!"

뭐가 좋은지 광소를 터트리는 이 형을 바라보며 교주가 투덜거렸다.

"미친놈! 날아가는 참새 거시기를 봤나. 왜 처 웃고 지랄이야."

교주의 욕설에도 이 형의 웃음은 그치지 않았다.

자신이 태어나고 자란 조국조차 목숨을 걸고 온몸을 던져 외적에 맞서 싸워도, 언제 자신의 강대한 힘으로 뒤통수를 칠까 불안하게만 바라봤었다.

명분 삼아 일 년이라는 시한을 달긴 했지만 온전히 간, 쓸개 다 내줬던 친구조차 결국 뒤통수를 후려갈겼다.

그렇게 태어난 조국과 믿었던 친구에게서조차 듣지 못했던 말이었다.

〈한 식구.〉

한데 그 말을 이 형은 친구에게 뒤통수를 맞은 후, 우연히 마주친 적에게서 들었다.

솔직히 자신을 받아 줄 거란 생각은 하지 않았다.

그저 믿었던 친구에게 배신 당한 것을 보상받으려는 몸부림에 지나지 않았을 뿐이니까.

아니라면 적이 분명할 이들에게 빌붙는 짓 따윈 아무리 그래도 하지 않았을 테니까.

한데 그렇게 어이없는 짓거리를 벌이고서야 원하던 이야기를 들었다.

적이었던 이들에게서 말이다.

그것이 이 형이 웃음을 멈출 수 없는 이유였다.

"크하하하하."

여전히 대소를 터트리는 이 형을 바라보며 교주가 투덜거렸다.

"하여간 쓸데없이 소란스러운 새끼라니까."

저렇게 가치 없이 자신을 대하는 이들이어서 이 형은 그게 더 좋았다.

"크하하하하."

종래엔 눈물까지 흘려대며 웃는 이 형이었다.

그런 그를 바라보며 교주가 말했다.

"미친놈!"

"푸하하하하."

욕을 먹고서도 웃기만 하는 이 형을 바라보는 유랑의 표정이 어두웠다.

 "아이, 저 새끼 외엔 날 이길 놈이 없는데. 아이, 애가 조금 정상은 아닌 게 영……."

 연신 고개를 내저으며 갈등하던 유랑이 여전히 웃느라 정신을 못 차리는 이 형을 바라보며 눈을 질끈 감았다.

 "에이. 어쩔 수 없지. 고쳐서 데리고 살아야지."

 유랑으로서는 아무리 생각해도 자신을 압도하던 이 형의 그 짜릿한 힘을 도무지 잊을 수 없었던 것이다.

 그렇게 소란스러운 교주의 거처로 야율한이 들어섰다. 그런 그를 발견한 교주가 반갑게 다가섰다.

 "어! 어디 갔다 오냐? 오후 내내 안 보이던데."

 교주의 물음에 야율한이 말했다.

 "잠시 저랑 서각으로 가시죠."

 "서각? 너 없을 때 제수씨도 안 보이던데, 혹시 제수씨한테 무슨 일 생긴 거야?"

 "아뇨. 가 보시면 압니다."

 야율한의 말에 의아한 표정으로 교주가 따라나서자 언제 웃었나 싶게 표정을 굳힌 이 형이 잽싸게 야율한에게 붙었다.

 "나도 한 식군데 같이 가도 돼?"

 "뭐, 안될 건 없죠."

긴 생각 없이 고개를 끄덕이는 야율한의 모습에 이 형이 다시 확인이라도 받으려는 듯 물었다.

"그럼 한 식구, 너도 인정하는 거지?"

"이미 정식으로 명교의 수련과정을 거쳤고, 교련전의 동의하에 정식으로 명교의 무인으로 가입되었다는 교주님의 승인까지 받으신 거 아니었습니까?"

"그야 그렇긴 했지만."

"그럼 끝난 거죠. 다시 물으실 이유는 없습니다."

담백한 야율한의 답에 이 형은 씨익 웃어 보였다.

"역시 그 사형에 그 사제로세."

"설마요. 사형이 저보다 훨 좋은 분이죠."

야율한의 답에 앞서 걷던 교주의 입가로 슬쩍 미소가 깃들었고, 이 형은 고개를 저었다.

"아닐걸."

"응. 그건 나도 동감."

언제 따라붙었는지 당과를 할짝거리는 유랑의 말에 교주의 입가에 어렸던 미소가 사라졌다.

"저 새낀 한 식구라 치고, 넌 뭔데 따라와!"

괜한 곳에 화풀이 하는 교주에게 유랑은 시큰둥하니 답했다.

"한 식구의 색시도 한 식구 아냐?"

"그건······."

일순간 답을 못하는 교주에게 보란 듯이 유랑이 이 형의 팔을 부둥켜안았다.

"아악 왜에!"

펄쩍 뛰는 그에게 매미처럼 달라붙어 움직이는 유랑을 이 형은 결국 떼어 낼 수 없었다.

그런 두 사람을 못마땅한 시선으로 바라보던 교주가 무슨 생각인지 표정을 바꿔, 씨익 웃었다.

"암! 한 식구의 색시는 한 식구지. 축하해. 크크크크."

도무지 무슨 생각인지 의미심장한 눈빛으로 낄낄거리는 교주의 모습에 이 형이 불길한 표정을 지었다.

마치 이대로 유랑에게 발목을 잡힐 것만 같은 불안감이 엄습했기 때문이다.

그렇게 소란스러운 이들과 함께 야율한이 서각으로 들어섰다.

"어!"

첫 놀람의 외침은 교주에게서 나왔다.

그리고.

"어!"

"아!"

두 마디는 뒤따라 들어오던 이 형과 유랑에게서 나온 것이었다.

약간 미묘한 차이가 있는 것을 느꼈겠지만 이 형은 교

주처럼 단순히 놀란 외침이었지만, 유랑은 대번에 상황을 짐작한 듯한 탄성이었다.

그렇게 다양한 반응에 피식 웃은 야율한이 교주에게 말했다.

"형수님을 모셔왔습니다."

야율한의 말에 설인화가 차분히 고개를 숙였다.

"설인화가 다시 인사드려요."

"아! 예. 야, 야율경입니다."

당황해서 어쩔 줄 몰라 하는 교주의 모습에 남궁희연과 설인화가 입을 막고 풋 히며 웃었다.

이 형은 모자란 친구를 보듯 교주를 보며 혀를 찼고, 유랑은 그런 이 형의 팔에 바짝 매달렸다.

마치 자신이 찜한 놈이라는 것을 서각의 두 여자에게 확인이라도 시켜 두려는 듯이.

그런 이들을 바라보며 설인화는 어쩌면 이곳이 예상보다 재미있을지도 모르겠다는 생각을 했다.

58장
같은 말, 다른 이해

같은 말, 다른 이해

야율한이 설인화를 서각으로 데려온 지 이틀.

그 이틀 동안 교주가 수련을 빼먹고 서각에 붙어살았다.

처음엔 서먹한 두 사람의 관계를 생각해 교주의 행동을 오히려 다행이라 생각했던 야율한조차 이젠 너무 과한 게 아닌가 생각을 할 정도였다.

깊은 밤에조차 교주가 서각을 나설 생각을 하지 않았기 때문이다.

사흘째 밤이 다가오는 시점에도 여전히 서각에 틀어박혀 움직일 줄 모르는 교주를 담장으로 들여다보며 이 형이 말했다.

"난 저 자식이 바람둥이라는 걸 진즉에 알아봤지."

그런 이 형의 곁에 서서 유랑이 시큰둥하니 물었다.

"그런 넌, 저 자식처럼 적극적일 생각은 없니?"

"내가? 저 여자들한테? 에이, 아무리 예쁜 여자들이라도 그렇지. 명색이 한 식군데 내가 그럼 벌 받지."

"예쁜 여자아!"

눈썹이 바짝 치켜 올라간 유랑의 물음에 여전히 서각에 눈을 둔 채, 이 형이 답했다.

"너도 눈이 있으면 봐라. 저게 이쁘지 않으면 뭐가 이쁘겠니."

"난? 나도 이쁘거든!"

"응. 그래 너도 이뻐."

시선조차 돌리지 않은 채, 영혼 한 올 들어 있지 않은 이 형의 형식적인 답에 유랑의 눈썹이 최대치로 곤두섰다.

"이 새끼가!"

"그래도 내가 네 새끼는 아니지. 네가 날 낳은 것도 아닌데."

여전히 시큰둥한 이 형의 반응에 결국 유랑의 입에서 빽하니 고성이 튀어나왔다.

"야!"

"아이쿠 귀청이야! 귀 떨어지겠다. 왜 소리는 지르고 난리야?"

비로소 자신을 바라보는 이 형에게 유랑이 쌍심지를 켜고 다가섰다.

"너 정말 이럴 거야?"

"뭐가?"

"나도 여자야! 나도 자존심이 있다, 그거야!"

"누가 없데? 왜 나한테 그래."

"네가 하는 게 그렇잖아!"

"내가 뭘?"

이 형이 억울하다는 듯이 묻자 유랑이 사납게 노려보며 답했다.

"내가 넌 내거라고 했지!"

"내가 싫다고 했지."

"왜? 왜 싫은데. 예쁘지. 잘 빠졌지. 뭐가 문제냐고!"

자신의 몸매를 과시하며 따지고 드는 유랑에게 이 형이 답했다.

"이미 말했잖아. 네가 누군지 모른다고. 그 안에 든 진짜 너, 말이야."

이전처럼 장난스러운 반응이 아니었다.

흔들리지 않는 눈빛, 진지한 표정, 진심이었다.

그걸 느낀 유랑의 말문이 턱하니 막혔다.

그렇다고 그냥 물러서면 유랑이 아니었다.

"그, 그게 그렇게 중요해?"

"당연히 중요하지. 설마 평생의 배필을 그럼 누군지도 모른 채 맞으란 말이야!"

다른 말은 솔직히 귀에 들어오지도 않았다.

〈평생의 배필〉

그 두 마디가 유랑의 귓가에 꽂혀서는 계속 맴돌았기 때문이다.

그런 까닭에 평소의 그녀와 달리 서각에서 멀어져 가는 이 형을 유랑은 쫓아가지 못했다.

마침 오늘은 이만 돌아가라는 설인화의 말에 비로소 마지못해 서각을 나선 교주도 그렇게 멀어져 가는 이 형의 뒤를 따랐다.

당연히 야율한도 그런 교주와 함께 서각을 벗어났다.

그렇게 교주도, 야율한도 떠나간 서각의 두 여인이 멍하니 멀어지는 이 형을 바라보고 서있는 유랑의 곁으로 다가섰다.

"아무래도 오늘은 소저와 이야길 해야겠네요."

남궁희연의 말에 고개를 돌린 유랑에게 설인화도 고개를 끄덕여 보였다.

"그러게. 나보다 더 남자를 모르시는 것 같으니까."

설인화의 말에 유랑이 눈에 불을 켰다.

"무슨 말 같지 않은! 이래 뵈도 나 좋다는 남자들 쌔고 쌨었어!"

"그래서 남자들의 마음을 잘 안다고요?"

남궁희연의 물음에 유랑은 입만 벙긋거릴 뿐 답을 하지

못했다.

솔직히 그녀를 좋아하는 남자가 많았다는 것도 그저 단편적으로 자신이 차지한 몸에 남아 있는 기억일 뿐이었으니까.

그러니 그런 조각조각 난 기억만으로 남자의 마음을 알 턱이 없었다.

그리고 그건 유랑의 몸을 차지하고 앉아 있는 본체로 가면 더 심각한 문제였다.

남자의 마음 따위 고려도, 생각도 해 본 적이 없었으니까.

그렇게 입을 다문 유랑을 남궁희연과 설인화가 양쪽 팔짱을 낀 채 서각으로 끌고 들어갔다.

그날 서각의 세 여인 사이에서 무슨 이야기가 이루어졌는지 아는 사람은 아무도 없었다.

유랑이 자그마치 서각 전체를 기막으로 뒤덮은 탓에 교주나 야율한은 물론이고, 이 형조차 서각에서 이루어지는 대화를 엿들을 수 없었기 때문이다.

그렇게 비밀스러운 대화가 이루어진 다음 날, 유랑의 행동이 변했다.

스윽 이 형을 한번 훑어보고는 훌쩍 산아랫마을로 내려가 버린 것이다.

처음엔 이 형도 신경 쓰지 않았다.

아침부터 달라붙어 낭군이니, 혼례니 쓸데없는 말을 주절거리지 않아서 좋다는 생각까지 했으니까.

 한데 그게 점심시간이 지나 저녁시간이 되어서도 유랑이 모습을 드러내지 않자 슬그머니 궁금증이 머리를 들었다.

 하지만 서둘러 머리를 내저어 그 생각을 털어 낸 이 형은 '쓸데없는 오지랖'이라며 애써 관심을 끊었다.

 그렇게 처음 유랑이 교주의 거처로 돌아오지 않은 날이었다.

 다음 날 이상하게 평소보다 일찍 눈이 떠진 이 형은 할 일도 없으면서 교주전 문 앞에서 서성거렸다.

 그런 이 형을 바라보며 교주가 물었다.

 "저 자식은 왜 똥 마려운 강아지처럼 저래?"

 교주의 물음에 혈검대주가 어깨를 으쓱여 보였다.

 "아마도 유랑 소저 때문이 아닌가 합니다."

 "유랑? 참 그 계집앤 어제 안 들어왔지?"

 "예."

 "어딨어?"

 "그건 저도 잘……."

 불벼락이 떨어질 답을 하고서도 혈검대주가 아무런 책망도 듣지 않았던 것은 그의 임무가 변경되었기 때문이다.

언제 터질지 모르는 폭탄과 다름없는 유랑의 안내역에서, 서각의 경호원으로 전격적인 임무 전환이 이루어졌던 것이다.

그때 혈검대주가 '유랑 소저를 저렇게 놔둬도 괜찮을까요?'라고 물었을 때 교주는 단호하게 답했었다.

"저 계집이 폭발하면 죽이 되든, 밥이 되든 내가 막으면 돼. 하지만 설 소저한테 문제가 생기면 내가 뭘 할 수 있겠니? 그러니 목숨 걸고 지켜!"

하루아침에 교주의 모든 것이 설 소저로 변경된 느낌이었다.

오죽하면 서가에서 그만 니외시 구딘하라는 야율한에게 하나뿐인 사제새끼가 제 사형의 사랑을 시기한다고 화를 냈을 정도다.

사제 팔불출이 하루아침에 색시 팔불출로 바뀌었다고나 할까.

그걸 지켜보는 모두가 놀란 표정을 감추지 못했다.

버럭 화를 내는 교주의 모습에 씨익 웃은 야율한을 제외하고는 말이다.

물론 그 모습을 물끄러미 지켜보며 어두운 표정이 된 마화도 있었지만.

그런 마화에게 다가선 이는 뜻밖에도 양손을 잃은 현마였다.

같은 말, 다른 이해 〈141〉

"세상 잃은 표정은 하지 마라. 그럴 만큼 네가 잃은 것은 없으니까."

현마의 그 말에 마화는 아무 소리도 하지 않았다.

대거리를 하기엔 현마의 지금 상황이 너무 어려웠기 때문이다.

그래서인지 마화는 화가 아니라 걱정을 던졌다.

"몸은 괜찮아? 독마가 단전은 다시 살릴 수 없게 되었어도 몸은 많이 좋아졌다고 하던데."

"몸만 괜찮으면 뭐 해? 단전은 깨졌고, 두 손은 이 꼴인 것을!"

자괴감 가득한 현마의 답에 마화는 입을 닫았다.

무어라 말해도 위안이 되지 않을 거란 걸 너무나 잘 알기 때문이었다.

그런 마화에게 현마가 다소 누그러진 표정으로 말했다.

"이런 나도 사니까, 살아가고 있으니까. 그런 표정 하지 말란 말이다."

그 말만을 던져 놓고 뒤돌아 가는 현마의 어깨가 유난히 처져 보인다고 느끼는 마화였다.

그렇게 멀어져 가는 현마를 물끄러미 바라보는 이는 또 있었다.

부교주전 앞에 나와 있던 철마였다.

그가 힘없이 늘어진 어깨로 멀어져가는 현마와 그런 그

를 물끄러미 바라보는 마화를 무거운 시선으로 번갈아 바라봤던 것이다.

그런 철마를 유심히 바라보던 파극이 물었다.

"결국 말하지 않을 생각이야?"

"뭘?"

"뭐긴, 너 저 여자 좋아하는 거 나도 아는걸."

파극의 말에 철마는 아무 소리도 하지 않았다.

아니라고 하기엔 거짓말이었고, 그렇다고 할 수도 없었으니까.

"시끄러! 애들 수련이나 시키러 가자고."

여전히 신강과 청해 일대의 마문들에서 들어온 고수들로 이루어진 신마단과 청마단의 수련은 철마와 파극의 담당이었다.

물론 강신인으로 이루어진 광마단도 마찬가지였고.

그나마 신마단과 청마단의 수련은 그리 어려울 게 없었지만, 광마단의 경우엔 아니었다.

철마와 파극조차 패배를 걱정해야 할 정도의 실력자들이 즐비했기 때문이다.

아직까지는 간신히 우위를 유지하고 있었지만 그 폭이 빠르게 줄어들고 있었다.

광마단 소속 강신인들이 강신의 여파로 줄어들었던 본래의 실력을 빠른 속도로 회복하고 있었기 때문이다.

같은 말, 다른 이해 〈143〉

하긴 그들 중 상당수가 역사에 이름을 남긴 강자들이었으니까.

현재의 철마나 파극보다 윗줄에 올라섰던 이들도 적지 않았다는 뜻이다.

그런 까닭에 철마와 파극은 진짜 미친 듯이 수련했다.

광마단의 강신인들에게 따라잡히지 않기 위해서였다.

그것이 여전히 명교에서 교주와 부교주를 제외하고 제일가는 실력자로 철마와 파극의 이름이 거론되는 연유였다.

물론 최근엔 교주와 부교주, 그리고 철마와 파극 사이에 이 형과 유랑의 이름이 언급되기는 한다.

그 두 사람의 실력이 어떤지는 수뇌부 모두가 아는 사실이었으니까.

솔직히 무공 실력만으로는 그 두 사람이 교주와 부교주를 능가한다는 걸 말이다.

그럼에도 명교의 자존심이 그 두 사람을 애써 교주와 부교주의 아래로 두는 것이었다.

그런 명교 무인들 사이의 평가를 들었음에도 그것에 대해선 이 형도, 성질 더럽기로 소문난 유랑도 아무 소리가 없었다.

이 형은 그런 것에 애초에 관심이 없었고, 유랑은…….

그런 걸로 따지고 다니는 걸 이 형이 싫어했으니까.

그게 유랑이 입을 다물고 있는 단 하나의 이유였다.

그런 유랑이 웬일로 빈손인 채, 아래에서 교주의 거처로 올라왔다.

 그런 유랑의 등장에 잠시 반짝였던 눈빛을 애써 가라앉힌 이 형이 시큰둥하니 물었다.

 "어쩐 일로 빈손이냐?"

 "내가 애냐? 맨날 당과 먹게."

 툭 핀잔처럼 답을 던지고는 자신을 그냥 지나쳐 서각으로 향하는 유랑의 모습에 이 형이 당황한 표정이 되었다.

 하지만 그렇다고 그렇게 걸어가는 유랑에게 더 말을 붙이지는 않았다.

 그저 서각으로 들어가는 유랑의 모습을 물끄러미 바라볼 뿐이었다.

 그렇게 서각으로 들어선 유랑이 서둘러 돌아서려는 것을 방문 앞에 서서 바라보던 남궁희연과 설인화가 냅다 고개를 저어 말렸다.

 결국 힘겹게 방으로 들어서는 유랑을 끌고 들어가듯 남궁희연과 설인화가 데리고 사라졌다.

 그렇게 알 수 없는 모종의 일이 진행되고 있는 서각이었다.

 유랑이 다시 모습을 드러낸 것은 저녁나절이었다.

 여전히 시선을 땅에 둔 채, 걷는 유랑의 앞으로 발 한 쌍이 들이밀어졌다.

같은 말, 다른 이해 〈145〉

그제야 고개를 드는 유랑의 시선에 당과를 비롯해 주전부리를 잔뜩 든 이 형의 모습이 보였다.

그런 이형에게 유랑이 시큰둥하니 물었다.

"뭐냐?"

"네가 좋아하는 것들이라기에 가져와 봤다. 먹을래?"

"그…… 됐어."

잠시 반짝였던 눈빛을 걷어 들이며 고개를 내저은 유랑이 애써 걸음을 옮겨 멀어져 갔다.

그렇게 사족을 못 쓰던 주전부리마저 거부한 채 멀어져 가는 유랑을 바라보는 이 형의 표정이 너무 무거웠다.

그런 이 형을 지나치며 교주가 툭하니 내뱉었다.

"누가 보면 나라 잃은 줄 알겠다. 얼굴 좀 펴라."

교주가 그런 핀잔을 줄 만큼 자신의 표정이 좋지 않았다는 것을 자각한 이 형의 얼굴에 당황이 들어서고 있었다.

그런 이 형을 힐긋 일별한 야율한이 의미심장한 미소로 그를 지나쳐 걸었다.

그제야 야율한을 발견한 이 형이 황급히 움직여 다가섰다.

"잠시만. 시간을 내 줄 수 있겠나?"

"저 말입니까?"

"그래. 부교주."

힘없이 끄덕여지는 이 형의 고갯짓에 교주를 먼저 보낸 야율한이 돌아섰다.

"말씀하시죠."

야율한의 말에 잠시 망설이던 이 형이 입을 뗴었다.

* * *

"부교주도 누군가가 계속 신경을 거슬린 적이 있나?"

"그렇지 않은 적이 거의 없을 정도로 많죠. 그러니 상대가 어떤 사람인가에 따라 상황이 많이 다르지 않을까 합니다만."

마치 무언가를 눈치 챈 사람처럼 말하는 야율한에게 이 형이 답했다.

"그게 유랑이……."

뒷말을 흐리는 이 형을 빙긋이 웃으며 바라본 야율한이 말했다

"여인이. 그것도 가까이 있는 여인이 그렇게 신경 쓰인다면 전 이 형 스스로의 마음을 들여다보라고 조언하고 싶군요."

"내 마음?"

"예. 이 형의 마음속 말입니다. 왜 그녀가 신경 쓰이는지 곰곰이 생각해 보면 답이 나오지 않겠습니까?"

"그야 괜히 알짱거리면서 하지 않던 짓을 하니까……."

"다른 사람이 그런 일을 했다면 그래도 그 정도로 신경

을 쓰셨을까요?"

"내가 신경 쓸 사람이 또 누가 있다고……."

말을 하다만 이 형에게 야율한이 다시금 미소를 그려 보였다.

"제가 처음에 그랬습니다."

"처음에?"

"남궁 소저를 처음 만났을 때 말입니다."

야율한의 답을 잠시 곱씹던 이 형의 눈매가 일그러졌다.

"그 말은 내가 유랑을…… 말도 안 돼!"

버럭 성까지 내는 이 형에게 야율한이 말했다.

"그러니 자신의 마음을 잘 들여다보라 말씀드리는 것입니다. 대충 보면 모르거든요."

그 말만 남겨 놓고 저만치 멀어진 교주를 따라가는 야율한의 뒷모습을 바라보는 이 형의 고개가 가로저어졌다.

"무슨 말도 안 되는……."

그렇게 연신 고개를 가로젓는 이 형을 뒤로 남겨둔 채 자신을 따라잡은 야율한에게 교주가 물었다.

"저 자식 아직 정신 못 차리지?"

"아시고 계셨습니까?"

"사람 마음이라는 것이 그렇지 뭐. 나 봐라. 이 늠름한 사형이 여자한테 빠져서. 제 놈이라고 다르겠냐."

"어째 경험이 많은 한량처럼 말씀하십니다."

"그럼 내 나이가 몇인데, 설마 처음이라고 생각하는 건 아니지?"

생각지 못한 교주의 물음에 야율한이 물었다.

"그럼 이전에도 사랑한 사람이 있으셨단 말이에요?"

"당연하지. 이 사형의 가슴은 굉장히 뜨겁거든."

"그런데 왜 혼례는……."

"안 치렀냐고?"

"예."

야율한의 답에 교주가 쓰게 웃었다.

"본디 첫사랑은 이루어지지 않는 법이지."

"첫사랑이셨습니까?"

"아니 첫사랑은 그렇다고. 두 번째는 내가 철이 없었다. 자존심이 사랑을 이겼지."

"상대가 누구였는데요?"

"봉례. 벌써 수십 년이 지났음에도 아직 이름이 선명하구나. 낙양의 대부호에게 시집을 갔다던가? 마지막 소식이 그랬었지."

"무림의 여식이 아닌 일반 규수였단 말입니까?"

"난 겉멋만 잔뜩 든 강호초출, 그 여인은 협객에게 환상을 가진 평범한 여인이었지."

"협…… 객이요?"

난감한 표정으로 묻는 야율한에게 교주가 피식 웃어 보

였다.

"그럼 여자 꼬시는데 내가 그 유명한 마교의 마두요. 그럴 순 없잖냐."

교주의 답에 야율한은 쓰게 웃을 수밖에 없었다.

그런 그에게 교주의 말이 이어졌다.

"얼마나 거짓말을 해 댔는지 어느새 난 백도의 이름 높은 후기지수가 되어 있었다. 내 본모습을 사실대로 말할 수 없게 된 것이지."

"그래도 사실대로 한번 말을 해 보시지 그러셨어요?"

"다른 사람의 이야기처럼 포장해서 운을 띄워 보긴 했지. 하지만 내 본모습은 그녀가 원하는 모습은 아니었다. 질색을 했었으니까."

"그래서 잡지 않으신 거예요?"

"내 거짓말이 탄로 나는 것이 싫었다. 알량한 자존심이었지."

쓸쓸한 교주의 표정엔 오래된 후회의 흔적이 담겨 있었다. 그것에 놀라며 야율한은 재빨리 화제를 돌렸다.

"설마 세 번째도 있는 건 아니시죠?"

"왜 아니겠냐. 딱 봐도 이 사형이 어디 가서 인기 없을 모양새는 아니지 않냐."

"하하, 그래서 세 번째는 누구였는데요?"

"너도 만나 봤던 사람이다."

"제가요?"

놀라는 야율한에게 교주가 고개를 끄덕여보였다.

"그래. 검공을 베었던 날, 네가 보았던 사람이니까."

"검공을 베던 날이라면…… 접객사라던 여인 말입니까?"

"아니 걔 말고. 좋은 일이 아니라 입에 담고 싶진 않았다만, 제수씨를 납치했던 자들 속에서도 네가 보았었다고 했다."

교주의 답에 떠오른 사람은 한 명뿐이었다.

"혹시 붉은 무복을 입은……."

"그래. 그쪽에선 막후라 부르던 사람이지."

교주의 답에 야율한은 기억 속에서 붉은 무복 여인의 얼굴을 떠올렸다.

나중엔 반드시 죽이겠노라 다짐한 얼굴이었기 때문인지 너무나 선명하게 기억났다.

꽉 다문 입술, 또랑또랑한 눈, 오똑한 콧날, 그린 듯 날렵한 눈썹. 확실히 미인이긴 했다.

그래도…….

"진짜요?"

"그럼 진짜지 가짤까?"

"하면 왜 헤어지신 건데요?"

"언젠가 똑같은 걸 물었던 철마한테도 한 답이었지만 내겐 그녀가 가장 중요한 것이 아니었고, 그녀에겐 내가 가장 중요한 것이 아니었기 때문이었다."

"사형에게 가장 중요한 거라면…… 명교요?"

야율한의 물음에 교주는 그저 희미하게 웃었을 뿐이다.

그런 사형에게 야율한이 핀잔을 주었다.

"명교가 어디로 이사 가는 것도 아니고 왜 놓쳐요! 좋았으면 어떻게든 잡았어야죠!"

"그러게 말이다. 지금처럼 딴 여자한테 눈이 팔려서 요새 밤에 술 한 잔 먹자는 소리가 없는 녀석을 뭐가 그리 좋다고 달려왔는지. 내가 요새 후회막심이라니까."

자신의 말과는 전혀 다른 내용인 교주의 답에 무언가를 생각해 보던 야율한의 눈이 커졌다.

"저군요!"

자신의 기억에 없는 일들이니 지금의 야율한이 아닌 진짜 야율한을 위해서였겠지만.

왠지 그것이 씁쓸하면서도 사제를 위해 사랑하는 여인을 버리고 온 교주가 새삼 대단해 보였다.

'나였다면……?'

자신도 그처럼 했을지 좀처럼 확신할 수 없는 물음에 야율한은 당황하고 있었다.

그런 야율한의 표정을 바라보며 그 속내를 읽었던지 교주가 피식 웃었다.

"당연한 거야. 네 녀석 말대로 내가 잘못했던 거니까."

쓸쓸하게 웃는 교주의 음성에선 어쩐 일인지 두 번째 사랑을 말할 때 보였던 후회의 감정이 읽히지 않았다.

그것은 사제를 위해 사랑을 포기하고 돌아온 것을 후회하지 않는다는 뜻이었다.

그것에 놀라는 야율한에게 교주가 말을 이었다.

"내가 그랬잖아. 그녀에게도 가장 중요한 건 내가 아니었다고."

"그건 어떻게 아셨는데요?"

"나랑 명교로 함께 가자는 걸 그녀가 거절했거든."

교주의 말에 그때의 상황이 눈앞에서 벌어지는 일처럼 그려졌다.

〈천외천회를 버리고 나와 함께 명교로 갑시다.〉

교주의 그 말에 막후라는 붉은 무복의 여인이 물기 어린 눈으로 고개를 내젓는 모습이 말이다.

아마도 그런 여인을 두고 사형은, 교주는 두말없이 등을 돌렸을 것이다.

그렇기에 그녀에게 중요한 것이 자신이 아니었다는 사형의 말을 야율한은 곧이곧대로 믿을 수 없었다.

그녀 앞에 던져진 물음은 그렇게 단 한 번의 질문으로 결정지어질 성질의 것이 아니었으니까.

같은 말, 다른 이해 〈153〉

그랬기에 야율한은 자신도 모르게 말했다.

"사형이 잘못한 거예요."

"내가?"

"예."

야율한의 답에 잠시 먼 산을 바라보던 교주가 고개를 끄덕였다.

"그럴지도 모르지. 그래도 또 그렇게 옛 인연은 가고, 새 인연이 왔으니 되었다."

"그래서 이번 인연은 정말 마음엔 드시는 거예요?"

"누구, 설 소저?"

"예."

"그러니 이 나이에, 지금처럼 주책을 떨고 있겠지."

교주의 답에 야율한의 고개가 가로저어졌다.

"주책은 무슨…… 요사이 사형 보기 좋아요."

"수련 빼먹는다고 난리 칠 때는 언제고."

"그야 사형이 없으면 제가 마음껏 수련할 수 없으니까 그러죠."

"거짓말! 이 형이 있잖아."

"그, 그분은 너무 무섭다고요. 불길처럼 기세가 일어나면 정말 더럽게 세단 말입니다."

당황한 빛이 역력한 야율한의 말에 교주는 그저 피식 웃고 말았다.

그렇게 강해진 이 형과의 비무를 야율한이 얼마나 좋아하는지 곁에서 지켜보아 잘 알기 때문이다.

하긴 자신도 그때의 이 형이 미치도록 좋았다.

자신이 가진 모든 것을 마음 놓고 모조리 퍼부어도 좋은 비무 상대라는 것이 얼마나 좋은지 해 보지 않은 사람은 모를 테니까.

매번 넘지 못하는 산을 마주하는 그 일이 뭐가 좋냐고?

생각해 보자.

상대는 나보다 강하다. 이건 인정할 수밖에 없다. 샘을 내기엔 너무 높은 곳에 있는 사람이니까.

여기서 하나 더 나간다.

상대는 날 죽이지 않는다.

당연하지 비무니까.

대신 난 모든 걸 다 쏟아부어 펼칠 수 있다.

왜? 그래도 상대를 어쩔 수 없으니까.

생각해 보자. 실전과 똑같이 자신의 모든 것을 퍼부어 대며 수련하면 얼마나 빨리 늘까?

그것도 자신이 죽을 걱정 없이.

이런 천혜의 수련 환경이 어찌 좋지 않겠냔 말이다.

그걸 누구보다 잘 아는 교주였기에 지금 야율한이 거짓말을 한다는 걸 알아차린 것이다.

여하간 그 거짓말이 자신을 위한 것이었기에 교주는 그저

같은 말, 다른 이해 〈155〉

의미심장하게 웃으며 자신의 사제를 손가락질할 뿐이었다.

그런 교주의 모습에 야율한도 겸연쩍게 웃었다.

그렇게 웃으며 들어서는 두 사형제를 잔뜩 긴장한 혈검대주가 맞이했다.

그런 혈검대주를 바라보며 교주가 물었다.

"표정이 뭐 마려운 놈처럼 왜 그래?"

"손님이 오셨습니다."

"손님?"

교주의 물음이 끝나기 무섭게 모습을 드러낸 이는 하얀 무복의 여인이었다.

"접객사! 미쳤군. 여길 제 발로 찾아오다니."

대번에 이를 드러내는 교주에게 무슨 생각인지 접객사가 정중히 포권을 취해 보였다.

"막후의 소식을 가져왔는데 궁금하지 않으신가요?"

앞뒤 아무런 설명도 없이 던져진 접객사의 그 말 한마디에 교주가 얼어붙었다.

그런 교주의 눈빛에서 아까는 보지 못했던 후회와 미련을 발견한 야율한의 표정이 함께 내려앉았다.

* * *

접객사는 한참 동안 교주와 대화를 나누고는 떠나갔다.

교주의 부탁으로 두 사람만 두고 자리를 피해 주었던 야율한과 혈검대주는 무슨 대화가 이루어졌는지 알지 못했다.

그래도 하나는 짐작할 수 있었다.

교주의 세 번째 사랑이었다는 막후란 여인의 관한 소식이 전달되었을 것이란 점은 말이다.

"어디에 있답니까?"

야율한의 물음에 그를 돌아보는 교주의 눈빛이 어두웠다.

교주에겐 이루지 못한 가슴 아픈 과거의 사랑이었을지 모르지만, 야율한에겐 정혼자를 납치했던 꼭 죽여야 할 자였기 때문이다.

그러니 여기서 그녀의 위치를 알려준다는 것은 가서 죽이라고 말하는 것과 다름없는 일이었다.

그래서인지 잠시 뜸을 들이던 교주가 결국 입을 열었다.

"해남."

"팔미, 아니 만사겁황한테 가 있단 소립니까?"

"그녀에게 좋은 상황은 아닌 모양이더라."

"설마 사로잡혀…… 있는 겁니까?"

"도움을 구하러 갔던 모양인데, 만사겁황의 생각은 달랐던 듯하구나."

교주의 답에 잠시 생각을 고른 야율한이 물었다.

"언제 가실 겁니까?"

그 질문에 야율한을 돌아본 교주의 눈이 커졌다.
"너……?"
"언젠가 후환은 남기는 것이 아니라고 하셨었죠? 전 후회도 마찬가지라고 생각합니다."
야율한의 말에 교주의 눈빛이 잘게 흔들리고 있었다.

* * *

야율한에 의해 피로 물들었던 지선계는 과거의 모습을 대부분 되찾았다.
물론 무인의 수는 천외천회가 전성기를 누릴 때에 비해 형편없이 적었지만 상당수의 무인이 여전히 상주하고 있었던 것이다.
여러 곳에 설치했던 비밀분타에 나가 있던 이들을 불러들인 덕이다.
다만 이전과는 비교할 수 없이 얇은 고수 층은 문제였다.
초절정급은 그래도 다섯 손가락은 채울 수 있었지만 그 이상의 고수가 전혀 없다는 점은 치명적이었던 것이다.
실제로 재건된 지선계는 아직도 천외천회가 여전히 건재함을 외부로 알리지 못했다.
외부와의 접촉에 필요한 무인들은 대부분이 화경 이상의 초고수였기 때문이다.

그래도 상당수의 절정과 소수의 초절정 고수들로 채워진 지선계는 활기차게 움직이고 있었다.

그런 지선계로 접객사가 귀환했다.

"어서 오십시오."

노심초사 기다리고 있었던지 지선계의 입구에서 자신을 맞이하는 접객부사에게 접객사가 미소를 그렸다.

"이곳에서 기다리시고, 걱정이 크셨던 모양입니다."

"가셨던 곳이 명교였으니까요."

지선계를 피바다로 만들었던 장본인인 살예진천황, 바로 명교의 부교주가 있는 곳이었으니까.

"그는 내 생각대로 관심이 없더군요."

"떠나기 전에 접객사께서 말씀하셨던 대로 남궁희연을 무사히 되찾았기 때문이었을까요?"

"아마도요."

접객사의 답에 다행이라는 표정으로 고개를 끄덕이던 접객부사가 물었다.

"참! 교주는 뭐라 합니까?"

"아무런 말도 없었어요. 그저 내가 하는 말을 묵묵히 듣기만 하더군요."

"구하러 갈까요?"

"내가 기억하는 두 사람의 관계를 생각하면 그가 움직일 가능성이 높다고 생각해요."

"그래서 가신 것은 알지만…… 전 여전히 의문이 듭니다. 과연 교주가 헤어진 연인을 위해, 해남에서 마주칠 위험을 감수할지 말입니다."

"기다려 보죠. 교주가 움직인다면 우리에겐 다른 기회가 열릴 것이고, 아니라면…… 달라지는 것은 없으니까요."

"하긴 접객사께서 무사히 돌아오신 이상, 교주가 움직이지 않는다 해도 우린 손해 보는 게 없긴 하죠."

접객부사의 말에 접객사의 고개가 끄덕여졌다.

솔직히 위험을 감수하고 명교로 찾아갔던 것은 자신들이 절실히 필요로 하는 고수를 확보하기 위해서였다.

화경에 다다랐던 막후 본인의 합류도 중요했지만 가장 필요했던 것은 그녀가 빼돌린 영약들이었다.

그 영약들이 있어야 노쇠한 고수들을 회유해서 천외천회로 끌어들일 수 있을 테니까.

그렇게 회유한 고수들이 쌓이면 천외천회를 다시 재건할 수 있게 되는 것이다.

그것이 위험을 감수하고 접객사가 명교를 찾아갔던 진짜 이유였다.

* * *

교주는 이틀이 지나도록 야율한의 물음에 답을 하지 않

고 있었다.

또한 매일 해가 뜨기 무섭게 찾아가서, 해가 질 때까지 머물던 서각으로도 걸음을 하지 않았다.

자신의 방에 틀어박혀 하루 온종일 눈을 감고 생각에 잠겨 있었던 것이다.

그런 교주를 불안하게 바라보던 혈검대주가 결국 야율한을 찾았다.

"교주님을 계속 저리 두어도 될까요?"

"식사를 여전히 안 하십니까?"

"예. 그날 이후 곡기는 물론이고, 물조차 마시지 않으십니다."

그만큼 흔들리는 마음이 걱정스럽긴 했지만 혈검대주의 주요 걱정거리인 건강엔 별문제 없을 것이었다.

야율한이 아는 한, 현경의 극단에 이르면 곡기는 물론이고 물조차 필수 조건에 해당하지 않으니까.

짧은 운기만으로도 필요한 영양분이나 수분을 자연기로부터 충분히 흡수할 수 있었기 때문이다.

그걸 알 길 없어 걱정으로 가득한 혈검대주에게 야율한이 미소를 보였다.

"걱정하지 마세요. 괜찮으실 겁니다."

"그러면 다행이긴 합니다만…… 그런데 정말 해남으로 가시게 하실 생각이십니까?"

"미련은 후회를 남기고 결국 삶은 물론이고, 무공의 증진에도 걸림돌이 될 테니까요."

"무공에도 걸림돌이 된단 말입니까?"

놀라는 혈검대주에게 야율한이 고개를 끄덕여 보였다.

"굴곡이 많은 길은 마차의 흔들림이 크지요. 또한 높은 고개는 결국 마차가 오르지 못합니다."

"깨달음도 같다 보시는군요."

"맞습니다. 넘어서야 하는 경지가 높아질수록 사람의 마음이 중요해지더군요. 그런 관점에서 이번 일은 사형에게 지난 미련과 후회를 정리할 좋은 기회가 될 겁니다."

"부교주님의 말씀대로라면 가시도록 제가 설득이라도 해야 하겠습니다."

혈검대주의 말에 야율한이 고개를 가로저었다.

"원해야 합니다. 타인의 강권으로 이루어진 일은 결국 깔끔하지 못하니까요."

"그럼 저리 고심하시게 두어야 한다는 뜻이군요."

"어찌 되든 고심은 결국 결론을 내놓을 테니까요."

야율한의 답에 혈검대주의 고개가 끄덕여졌다.

건강문제만 아니라면 교주의 칩거는 사실 크게 문제될 것이 없었다.

명교의 결정권이 교주에게 있다지만 필요하다면 얼마든지 부교주의 재가만으로도 명교는 움직여지니까.

교주와 부교주의 신의는 그 정도로 교도들에게 신뢰를 받고 있었기 때문이다.

그래서인지 다시 교주의 거처로 돌아가는 혈검대주의 표정은 올 때와 달리 상당히 밝아져 있었다.

혈검대주가 걱정을 덜고 돌아갔던 것과 달리 굳은 표정을 풀지 못하는 사람이 한 명 더 있었다.

바로 서각에 머물고 있던 설인화였다.

갑자기 교주가 걸음을 끊었기 때문이다.

세상은 말한다.

천하의 난봉꾼이자 제멋대로인 막무가내 인사가 교주라고 말이다.

그 소문을 들은 적이 있던 설인화는 걱정이 들었다.

자신을 손아귀 안에 넣었다고 생각하자마자 교주의 흥미가 떨어졌을지도 모른다고 말이다.

부친을 배반하고, 가문을 등진 채 따라나선 명교였다.

여기서 버림을 받는다면······.

엄습하는 불안감을 설인화는 떨쳐낼 수 없었던 것이다.

그런 설인화를 남궁희연이 달래고 있었지만, 그녀조차 갑작스런 교주의 변화를 이해할 수 없었다.

오죽하면 남궁희연조차 불안감을 느끼고 있을 정도였으니까.

사실 이것은 현재의 상황에 대해 야율한이 아무런 언질

같은 말, 다른 이해 〈163〉

을 주지 않았기 때문이다.

교주가 옛 연인의 문제로 고심하고 있다는 말은 차마 전할 수 없었기 때문이다.

더구나 야율한, 자신이 그 옛 연인을 구출하러 가자고 권했다는 말은 더더욱 할 수 없었다.

설인화를 데려오자고 교주를 충동질했던 것도 바로, 야율한 자신이었으니까.

그 이중적인 상황에 대해 변명할 말이 마땅치 않았던 것이다.

그렇다 보니 설인화는 설인화 대로, 남궁희연은 또 남궁희연 대로 불안한 시간을 보내고 있었다.

그 불안감을 끊어 낼 교주의 결정이 떨어진 것은 자그마치 나흘이 지난 시점이었다.

자신의 거처를 나선 교주가 야율한을 찾아 부교주전으로 방문했던 것이다.

"괜찮으세요?"

야율한의 물음에 교주가 희미하게 미소 지었다. 그런 교주를 지그시 바라보던 야율한의 입가로도 미소가 들어섰다.

"사형의 눈빛이 바로 선 것을 보니 결정을 하신 모양이네요."

"그래. 결정했다."

"어찌…… 준비, 할까요?"

야율한의 물음에 교주의 고개가 끄덕여졌다.

"그래. 후회할 일은 만들지 않기로 했으니, 움직여 보자."

교주의 답에 야율한의 입가에 머물고 있던 미소가 진해졌다.

물론 뒤이은 교주의 말에 그 미소는 흔적도 없이 사라졌지만.

"그나저나 서각엔 뭐라고 설명해야 하지?"

자신이 무언가 해결책을 내어 주길 바라는 교주의 시선을 야율한은 애써 외면해야 했다.

그런 야율한을 바라보며 교주가 중얼거렸다.

"그렇지. 네 녀석도 말하기 어렵겠지."

미안했지만 야율한은 아무런 말도 할 수 없었다.

그날, 야율한에게 부탁하여 남궁희연을 서각 밖으로 빼낸 교주가 설인화와 단둘이 마주 앉았다.

"저기…… 미안하다."

앞뒤 다 자르고 미안하다는 교주의 말에 설인화의 두 눈이 질끈 감겼다.

걱정했던 일이 벌어졌다고 생각했기 때문이다.

미치도록 좋아해서 따라나선 사람은 아니었다지만, 이렇게 쉽고 빠르게 버림을 받으리라고는 생각지 않았는데…….

눈을 뜨면 울 것만 같았던 설인화는 그렇게 눈을 감은 채 답했다.

"이해, 합니다."

설인화의 답에 교주의 눈이 커졌다.

"정말 이해해 주는 거야?"

"네. 사람의 마음이라는 것이 그러한 것이니까요."

"고맙다. 정말 고마워. 내가 갔다 와서 진짜 잘해 줄게."

교주의 말에 설인화의 눈이 떠졌다.

'갔다 와서 진짜 잘해 줄게'라는 말은 결국 내치지 않는다는 소리였으니까.

아무래도 자신이 잘못 생각한 것 같다는 느낌을 받은 설인화가 굉장히 기분 좋아 보이는 교주를 지그시 바라보며 물었다.

"어딜 가시나요?"

"엉? 알아서 이해한다고 한 거 아냐?"

이 상황에서 모른다고 답하면 서로가 우스워질 거란 걸 설인화는 너무나 잘 알고 있었다.

"이해는 해요. 그래도 직접 듣고 싶어서요."

"아! 그래. 그렇지. 내가 차분하게 설명하는 것이 도리겠지. 가만있어 보자 이걸 어디서부터 설명해야 하나······."

잠시 고민하던 교주의 이야기가 시작되었다.

자신이 막후란 여인을 어떻게 만났고, 얼마나 좋아했으

며, 어떻게 헤어졌는지까지.

그리고 왜 그녀를 구하러 가야 하는지도.

그 이야기를 모두 들은 설인화가 차분한 음성으로 물었다.

"그러니까 미련이 남을 것 같아서 간다는 말씀이군요."

"그래. 시간이 지난 후, 그때 도와줄걸 그랬어, 라는 생각을 하긴 싫으니까."

"그럼 요사이 제게 발길을 끊었던 것도……."

"고민을 좀 했다. 네가 있는데 그래도 되는지, 그게 괜히 네 마음을 상하게 하는 건 아닌지. 걱정이 되어서."

교주의 답에 설인화가 희미하게 미소 지으며 물었다.

"그래서 나흘씩이나 고민을 하셨다고요?"

"솔직히 이 이야길 하러 올 때도 갈등했었다. 이게 정말 잘하는 짓인지 걱정이 되었으니까."

"그렇군요. 이미 말씀드렸지만 이해해요. 그러니 다녀오세요."

"괜찮은 거지?"

걱정스럽게 묻는 교주에게 설인화는 화사한 미소로 고개를 끄덕여 보였다.

"돌아오실 거니까요."

"당연하지. 아직 합방도 못…… 아! 이건 아니고. 여하간 빨리 오마."

고개를 끄덕이는 설인화의 뺨이 붉게 물들어 있었다.
그런 그녀를 두고 서각을 나서는 교주의 표정이 밝았다.

서각 문 앞에서 야율한으로부터 사정을 설명 듣고 있던 남궁희연이 그렇게 나서는 교주의 얼굴을 보고는 눈을 흘길 정도로.

"옛 연인을 만나러 가시는 게 그렇게 좋아하실 일인 줄은 미처 몰랐네요. 실망이에요! 아주버님."

그 말을 남겨두고 휑하니 들어가 버리는 남궁희연의 모습에 교주의 표정이 굳었다.

"제, 제수씨 내가 좋아서 그러는 게 아니라……."

쾅!

뭐라 해명을 하기도 전에 코앞에서 거칠게 닫혀 버린 서각의 문을 바라보며 교주가 난감한 표정을 지었다.

그런 교주에게 야율한이 핀잔을 주었다.

"그러게 왜 그렇게 좋아하는 태를 내세요!"

"그게 아니라니까. 진짜 그게 좋아서 웃었던 게 아니라고!"

억울해 하는 교주에게 야율한조차 설명을 다 듣지 않고 신형을 돌렸다.

"실망이에요. 사형."

그렇게 걸어가는 야율한을 교주가 빠르게 쫓아갔다.

"야! 진짜 그거 아니라고!"

빠르게 걸어가는 야율한을 쫓아가며 연신 상황을 설명

하는 교주의 음성이 다급했다.

그렇게 멀어져 가는 교주를 바라보던 유랑이 곁에 서 있는 이 형에게 말했다.

"넌 저러면 죽어!"

"아, 안 그러지. 난 네가 첫사랑이라니까."

"확실해?"

"그, 그럼!"

뭔가 의심스러웠지만 유랑은 피식 웃으며 고개를 끄덕였다.

"좋아. 믿어 줄게. 그나저나 무슨 생각이야. 그렇게 싫다고 하다가 갑자기."

유랑의 물음에 이 형이 어깨를 으쓱여 보이며 웃었다.

"그러게 말이다. 나도 내가 이렇게 될지 몰랐거든."

"무슨 소리지?"

눈을 가늘게 뜨는 유랑에게 이 형이 어색하게 웃어 보였다.

"그냥 내가 널 이렇게 좋아하는지 미처 몰랐단 소리지."

자신을 좋아한다는 이 형의 말에 새초롬하게 떴던 유랑의 눈이 반달을 그렸다. 그와 함께 그녀의 볼우물이 움푹 들어갔다.

그런 유랑을 넋을 잃고 바라보던 이 형이 중얼거렸다.

"위험한 여자라니까."

자신도 모르게 중얼거린 이 형의 말에 유랑이 물었다.
"위험해? 내가?"
"그래. 확실히 위험해."
자신을 능가하는 고수가 위험을 느낀다는 그 말에 유랑의 미소가 짙어졌다.
서로가 이해한 말뜻은 달랐지만 그렇게 두 사람은 웃으며 서로를 마주 보고 있었다.

* * *

교주와 부교주가 동시에 자리를 비웠다.
의례적으로 비상이 발령되고, 장로원이 상시 소집상태로 변경되어야 했지만 어쩐 일인지 명교는 평소와 똑같이 평온했다.
그 이유가 부교주의 거처에서 확인되고 있었다.
"수석장로님 오셨습니까?"
파극과 철마가 깊숙이 허리를 숙여 보이는 존재는 이 형이었다.
부교주의 권유를 받은 이 형이 수락하고, 교주가 동의한 이 일은 파극과의 비무로 추인되었다.
솔직히 파극은 비무 없이 자리를 내놓을 의향이 있었다.

수석장로라고는 하지만 이미 자신보다 뛰어난 실력의 철마가 있었기 때문이다.

지난 시험의 실패로 장로직에 도전할 수 없다는 기간인 일 년은 이미 지났다.

그러니 언제라도 철마가 수석장로에 도전할 수 있었던 것이다.

하지만 철마는 그러지 않았다. 수석장로 자리 따위가 중요한 게 아니라고 말이다.

파극도 동의한다.

그런 것보다는 수련이 훨씬 중요하다는 걸 이미 그도 알고 있었으니까.

그래서였다.

주군인 부교주가 원한다면 언제라도 물러날 준비가 되어 있었던 것은.

하지만 그 이야기는 다른 사람도 아니고 부교주인 야율한에게서 부결되었다.

법도는 지키라고 있는 것이라던가?

그리고 가장 중요한 말은 야율한이 파극에게 귓속말로 전했다.

"자기 것을 그냥 빼앗기지 말아야죠. 적어도 저항은 해 봐야 하지 않겠습니까?"

"하지만 전 그 자리의 가치를……."

"솔직히 말하죠. 이보다 좋은 기회가 어디에 있어요. 이 형과의 비무라니, 이건 기횝니다."

야율한의 그 말에 파극의 눈이 크게 떠졌다.

그랬다.

명교에서 이 형과 비무를 해 본 사람은 교주와 부교주뿐이었다.

유랑조차 비무는 벌이지 못 했던 것이다.

더구나 교주와 부교주가 동시에 달려들어도 막상막하의 비무가 벌어지는 사람이 이 형이었다.

그런 사람과의 비무인 것이다.

그걸 깨달은 파극은 곧바로 칼을 들고 달려갔다.

그리고 그날 파극은 자신의 능력을 넘어서는 실력을 보였다.

물론 결과는 복날 개처럼 두들겨 맞는 것이긴 했지만, 그래 놓고서도 파극은 뭐가 좋은지 미친 듯이 웃었다.

분명 그는 이 형과의 비무에서 깨달은 것이 있었던 것이다.

그걸 철마가 눈치를 챘다.

수석장로 그까짓 거 너나 하라던 철마가 곧바로 도전을 외치고 나선 것이다.

하지만 불행히도 철마의 시도는 시작도 하지 못한 채 꺾였다.

새로 장로 자리에 오른 자는 일 년간 도전을 받지 않는다는 명교의 규칙 때문이었다.

실망할 것이란 주변의 예상과 달리 철마는 결연한 모습으로 수긍했다.

일 년간 미친 듯이 연공할 시간을 벌었다며 나쁘지 않다는 말까지 했다.

그랬다. 일 년 후엔 도전할 수 있는 기회를 얻을 수 있었으니까.

그 뒤로 현경에 오른 명교의 고수들이 줄줄이 줄을 섰다. 공식적으로 이 형과의 비무를 가질 수 있는 기회가 생겼다는 걸 비로소 깨달은 까닭이었다.

그러한 일대 소란이 지나간 뒤에 교주와 부교주가 명교를 비웠던 것이다.

그렇게 교주와 부교주를 합친 것만큼 강력한 수석장로가 자리를 지킨 까닭에 명교가 흔들리지 않았던 것이다.

당연히 그걸 바라고 야율한이 이 형에게 수석장로 자리를 권했던 것이니까.

이 형이 그걸 받아들인 이유는 간단했다.

"돈 나옵니다. 무상으로 주어지는 곡식과 부식도 많아지고, 결정적으로 집을 줍니다."

뜬금없이 찾아와 던진 야율한의 그 말에 이 형은 시큰둥하니 반응했다.

"그게 나랑 무슨 상관······."

"딸린 식구가 생겼잖아요."

그 대목에서 야율한이 당과를 한 아름 안고 들어서는 유랑을 바라봤다.

그런 야율한의 시선을 쫓아 유랑을 본 이 형의 고개가 자동으로 끄덕여졌었다.

"아! 그렇군. 그거 내가 하지. 수석장로."

그게 이 형이 명교의 수석장로가 되기로 한 연유였다.

이 형의 자격을 가지고 시비를 거는 사람은 아무도 없었다. 이미 그가 정식으로 명교의 무인이 된 후였기 때문이다.

실제로 교주와 부교주는 이 형을 한 식구라 부르고 있었으니까.

그렇게 이 형에게 명교를 맡긴 교주와 부교주는 천산을 떠나 해남으로 향했다.

이번엔 파극이나 철마는 물론이고, 혈검대주조차 동행하지 않았다.

대신 두 사람은 해남을 가장 잘 아는 이를 길잡이 삼아 대동했다.

그 덕에 월검쌍위는 그렇게 노래 부르던 뢰주에 다시 발을 디딜 수 있게 되었다.

자그마치 천산을 떠난 바로 그날 점심나절에 말이다.

물론 그처럼 이해할 수 없을 정도의 무지막지한 이동 속도를 얻기 위해 월검쌍위는 부교주에게 뒷덜미를 잡힌 채 끌려오듯 날아와야 했지만.

"근데 왜 뢰주야? 광동에서 가장 큰 포구는 오문이잖아."

교주의 물음에 월검쌍위가 답했다.

"해남과 가장 가까운 뱃길이기 때문입니다. 그로 인해 뢰주는 해남으로 가는 뱃길이 가장 많이 닿는 곳입죠."

월검쌍위의 답에 고개를 끄덕인 교주가 명했다.

"그럼 배 찾아봐. 시간 끌 거 없이 가장 빠른 배로."

"예. 교주님."

누구보다 빨리 해남검문으로 가길 원했던 월검쌍위는 곧바로 선착장으로 달려가 배에 사람을 태우는 일을 대행하는 상단의 행수를 찾았다.

하지만 그를 기다리는 답변은 전혀 생각지 못했던 것이었다.

"배가 없단 말이오?"

월검쌍위의 물음에 선착장을 관리하는 상단의 행수가 고개를 끄덕였다.

"예. 대협. 해남과 뱃길이 끊긴 지 수개월이 넘었습죠. 요즘은 사람은커녕 물자도 오가지 않습니다요."

예전부터 외지인들에게 관대한 지역은 아니었다지만 해남은 문호를 닫은 적이 없었다.

그로 인해 해남과 그 영향력 하에 있는 크고, 작은 섬들을 잇는 뱃길들이 거미줄처럼 뢰주와 연결되어 있었던 것이다.

그 수많은 뱃길을 따라 사람들의 왕래가 빈번했고, 물산의 거래도 제법 풍부한 편이었다.

하지만 행수의 말대로면 그 모든 뱃길이 단절되었다는 뜻이었다.

그것에 믿기지 않는 표정인 월검쌍위의 검과 무복을 살피던 행수가 물었다.

"무복과 검병의 표식을 보면 해남검문의 대협이신 듯한데 오랜만에 오신 모양입니다."

"그렇게 되었소. 한데 언제부터 끊긴 거요?"

"사람을 실어 나르는 배는 한 반년쯤 전에 끊어졌고, 물자를 실어 나르는 배는 석 달은 된 듯합니다요."

행수의 답에 낙담한 월검쌍위가 어느새 뒤로 와 서 있던 교주와 야율한을 돌아봤다.

그 시선에 월검쌍위와 행수가 나누는 대화를 모두 들었던 교주가 담담하게 말했다.

"팔미, 아니 만접사황 자식이 아주 마음먹고 뻘짓을 하는 모양이구나."

교주의 그 말에 곁에 있던 야율한의 표정이 굳었다.

사람들의 시선을 피해 그가 할 일이란 것이 뻔했기 때

문이다.

"괜히 내버려 두었던 것일까요?"

야율한의 걱정에 교주가 고개를 저었다.

"세상의 모든 일을 우리가 바로잡을 수는 없어. 우릴 향하는 칼날이 아니라면 그냥 두는 것이 맞아."

이전에도 똑같은 교주의 말에 동의했었다.

아니라면 모든 도적과 살인자, 사기꾼들을 잡으러 온 세상을 이 잡듯 뒤지며 다녀야 했으니까.

또 하나, 자신이 겪었듯이 악이라고 보았던 것도 입장이 변하거나 시선이 변하면 다른 것이 보인다.

그러니 자신이 보지 못한 것이 있을 수도 있다고 생각했다.

그렇기에 동의했었다.

자신들에게 칼을 겨누는 이들만 상대하겠노라고.

한데 뢰주에 와서 해남의 소식을 들으니 자신의 그 결정이 해남과 그 영향력 하에 있는 수많은 섬에 사는 이들에게 횡액을 몰고 온 것은 아니었나 싶었던 것이다.

그런 걱정에 휩싸여 있던 야율한의 어깨에 교주가 손을 얹었다.

그에 고개를 돌려 바라보는 야율한에게 교주가 고개를 가로저어 보였다.

"할 수 없었던 일에 미련을 두지 마라."

"할 수 없었던 일은 아니니까요."

"우리 정도가 되면 세상에 모든 일 중 할 수 없었던 일은 별로 없어. 그러니 하지 않아도 되는 일도 할 수 없었던 일과 다름이 없다. 적어도 우린 신이 아니니까."

교주의 주장은 일관되고 동일했다.

그 흔들림 없는 주관에 야율한이 고개를 끄덕였다.

"알겠습니다."

이해해서가 아니라 납득하기로 했기 때문이다.

'난 신이 아니니까.'

변명 같은 그 말을 속으로 되뇌면서 말이다.

그렇게 흔들림을 가라앉히는 야율한에게서 시선을 돌린 교주가 월검쌍위에게 물었다.

"여기 아니면 해남으로 가는 배를 찾을 수 없나?"

"오문으로 가볼 수는 있겠습니다만 이곳이 뱃길이 끊겼는데 그곳에 아직 남아 있을 것 같진 않습니다."

"하면 어찌해야 하지?"

"전세를 내보겠습니다."

"전세?"

"온전히 배를 빌려주는 이들이 있습니다. 그들에게 의향을 물어보겠습니다. 다만 그러자면……."

뒷말을 흐리는 월검쌍위에게 교주가 고개를 끄덕였다.

"돈이 들겠군."

"예. 아무래도 배를 온전히 빌리는 것이니……."

그 말에 품에서 꺼내 던지는 교주의 전낭을 월검쌍위가 재빨리 받았다.

그런 월검쌍위에게 교주가 말했다.

"알아봐."

명을 받은 월검쌍위가 서둘러 움직였다.

돈이 있으니 배를 구하는 건 어렵지 않을 것이라 생각했으니까.

하지만 그 생각이 잘못되었다는 걸 알게 되는 데는 오랜 시간이 필요치 않았다.

누구도 해남으로 배를 낼 생각을 하지 않았기 때문이다.

그 이유가 한 선장으로부터 나왔다.

"돈은 달라는 대로 주겠소."

월검쌍위의 말에 풍채가 좋은 중년의 선장은 고개를 저었다.

"싫습니다요. 돈이 아무리 좋기로서니 죽을 자리로 갈 수는 없습죠."

"죽을 자리라니, 그게 무슨 소리요?"

"모르셨습니까? 해남검문의 허락 없이 해남으로 들어오는 모든 배는 불태워지고 타고 있던 사람들은 목을 뱁니다요. 그렇게 무작정 해남으로 갔다고 돌아오지 못한 배와 사람이 한 둘이 아닙죠."

같은 말, 다른 이해 〈179〉

선장의 말로 해남검문이 완벽히 해남을 고립시키고 있다는 것을 알아차린 월검쌍위의 표정이 검게 죽었다.

 교주의 말대로 그렇게 외부와 단절한 채 해남검문이, 아니 정확히는 만겹사황이 무엇을 하고 있을지 뻔했기 때문이다.

 "생강시……."

 악물린 이 사이로 시린 음성을 토해내는 월검쌍위의 모습이 안쓰러웠다.

 그래도 할 수 없다는 듯이 고개를 내저은 선장은 그대로 몸을 돌려 사라졌다.

 그렇게 선장이 떠난 직후, 한 노인이 조심스럽게 다가섰다.

 "저기…… 혹 명교분이십니까?"

 노인의 물음에 야율한이 답했다.

 "그렇습니다만, 어찌 아셨습니까?"

 "앞섶에 명교를 뜻하는 성화가 그려져 있어서요."

 "아! 그렇군요."

 비로소 생각났다는 듯이 자신의 앞섶을 내려다보며 미소 짓는 야율한에게 노인이 반가운 표정을 지었다.

 "저도 명교의 교도랍니다."

 "아! 그러십니까?"

 "예. 포교를 나오신 포령님들 덕에 전염병에 죽어 가던 이 늙은이와 식솔들이 겨우 살았습죠. 그 뒤로 천마님을 하늘처럼 떠받들고 있습니다요."

"도움이 되셨다니 다행입니다."

선선히 웃는 야율한에게 노인이 조심스럽게 물었다.

"앞섶에 성화령이 수놓아진 무복을 입는 분들은 본성의 무인분들 뿐이라 들었는데 맞으십니까?"

"네. 본성에서 나왔습니다."

"아이고, 이 늙은이가 본성 분들을 다 뵙습니다. 영광입니다요."

연신 높이 포권을 취해 보이는 노인은 진짜로 반가운 모양이었다.

그렇게 한참을 흥분에 겨워하던 노인이 물었다.

"뒤에서 듣자 하니 배가 필요하신 모양이던데……."

"네. 해남으로 들어가야 하는데 배를 구하기 어렵군요."

야율한의 말에 잠시 고민하던 노인이 결심을 굳힌 표정으로 말했다.

"소인이 모십지요. 작은 고깃배이긴 하나 대협들을 태우는 것은 어렵지 않을 것입니다요."

"배가 있으십니까?"

"호구지책으로 삼은 작은 고깃배가 있습지요."

"해남에 연관된 소문이 험하던데 괜찮으시겠습니까?"

"천마님의 공덕과 명교분들의 도움 덕에 살아난 목숨

같은 말, 다른 이해 〈181〉

입니다. 그래 놓고 어찌 본성 대협들의 고단함을 모른 척하겠습니까? 소인이 돕겠습니다. 걱정하지 마십시오."

노인의 말에 야율한이 정중히 포권을 취했다.

"감사합니다. 노사(老師)."

"어이쿠, 노사라니요. 늙고 배운 것 없는 뱃놈에게 가당치도 않은 호칭입니다요."

손사래를 치는 노인에게 야율한이 말했다.

"어려운 이를 외면치 않았으니 의로운 사람이며, 동도를 위해 위험을 감수함을 주저치 않으셨으니 타의 모범이라. 배움을 실천으로 보여 주셨으니 어찌 노사라 칭하지 않겠습니까? 감사합니다, 노사."

거듭된 노사란 호칭에 어부가 당황해 하면서도 기꺼워했다.

생전 처음 남에게서 높은 대접을 받아 보았기 때문이다.

그런 노인이 앞장서는 가운데 야율한을 비롯한 일행이 뒤를 따랐다.

노인의 배가 묶여 있는 곳으로 향한 것이다.

그리고 잠시 후, 뢰주에 딸린 작은 어촌 선착장에서 돛단배 하나가 출발했다.

노는 노인이 잡았고, 승객은 야율한과 교주, 그리고 월검쌍위였다.

* * *

 해남의 가장 큰 포구는 해구다. 하지만 야율한이 노사라 부른 늙은 어부는 해남의 배후인 문창 포구에 배를 갖다 대었다.
 작다지만 해남의 주요 포구 중 하나였던 문창 포구이니만큼 사람들이 북적일 것을 걱정했지만 실상은 이상하리만큼 조용했다.
 어부들은 고사하고, 선착장에서 일하는 일꾼들의 모습조차 보이지 않았던 것이다.
 그래서인지 어부 노인이 용기를 냈다.
 "기다릴까요?"
 그 물음에 야율한이 고개를 가로저었다.
 "지금은 사람이 보이지 않는다지만 시간이 지나면 어찌 변할지 모르니 위험합니다. 우리가 내리자마자 곧바로 돌아가세요."
 "그럼 나중에 어찌 돌아가시려고요?"
 "해남에서 배를 구해 보겠습니다."
 "정말 괜찮으시겠습니까?"
 "잘 해결해 보겠습니다. 그러니 걱정하지 마세요. 그보다는 서둘러 돌아가세요. 배가 바다로 나갈 때까진 지켜보고 있겠습니다."

야율한의 거듭된 권유에 따라 어부 노인이 포구에서 배를 빼, 바다로 나갔다.

그렇게 자신들을 내려놓은 배가 바다로 나가자 야율한과 일행도 해남검문이 위치한 여모봉 쪽으로 움직였다.

그들이 그렇게 움직이는 동안에도 사람들과 마주치지 않았을 정도로 해남엔 인적 자체가 드물었다.

왜 이런 일이 벌어지고 있는지 어느 정도는 짐작을 했기 때문인지 야율한과 교주는 아무런 말도 하지 않았다.

특히 길잡이로 앞장서고 있던 월검쌍위의 표정은 완전히 굳어 있었다.

해남의 상황이 자신의 예상보다 훨씬 심각한 듯싶었기 때문이다.

그래서인지 월검쌍위가 자신을 따라오던 야율한에게 물었다.

"본문으로 들어가기 전에 한 곳을 먼저 들렸으면 좋겠습니다."

"어디를 가고자 하는 겁니까?"

"오지산이라고, 해남검문의 분사가 위치하는 곳입니다."

"왜 그곳으로 가려 합니까?"

"오지산이 본문의 분사라고는 하나 거의 독립된 곳이기 때문에 영향을 덜 받습니다. 물론 지금 상황에서까지 온전하지는 않겠지만 그래도 정보는 얻어 볼 수 있을 겁니다."

월검쌍위의 말에 잠시 고민하던 야율한이 돌아보자 교주가 고개를 저었다.

"우리 목적은 하나야. 막후의 구출. 괜히 힘 빼지 말자."

자신의 생각 변화를 귀신같이 꿰뚫어 보는 교주에게 야율한이 쓰게 웃어 보였다.

"사형은 제 속이 다 보이시나 봅니다."

"네 녀석 얼굴에 쓰여 있으니까. 다 구해 주고 싶다고 말이다."

"어려울까요?"

"강신인들이 이전처럼 네 말을 듣는다면 어려울 것이 없겠지만, 그게 아니라면? 적진에서의 싸움이야. 더구나 이곳은 섬이라고. 도망 다니며 싸울 공간이 좁아. 알잖아?"

안다. 그래서 해남으로 출발할 때 교주와 결정한 작전은, 막후라는 여인을 찾아 빼내서 곧바로 해남을 이탈하는 것이었다.

그렇게 세운 계획을 변화시키자는 것에 교주가 반대하고 나선 것이다.

그런 교주에게 야율한이 조심스럽게 말했다.

"일단 오지산이라는 곳에 가서 상황을 알아보고, 한두 명의 강신인을 잡아다 실험해 본 후에 결정하시면 어떨까요?"

야율한의 물음에 교주가 못 말린다는 표정으로 고개를 내저었다.

"하여간 네 녀석은…… 알았다. 대신 아니다 싶으면 계획대로 치고 빠지는 거야!"

"예. 약속드리겠습니다."

"알았다."

교주의 허락이 떨어지자 야율한이 월검쌍위를 돌아봤다.

"이야기는 들으셨을 테니 긴말은 하지 않겠습니다."

"예. 최선을 다해 돕겠습니다."

"그럼 됐습니다. 갑시다."

야율한의 말에 월검쌍위가 앞장을 섰고, 나머지 두 사람이 그 뒤를 따랐다.

* * *

해남검문에서 만들어지는 실혼인은 세 종류였다.

가장 먼저 만들어지는 것이 강신인이다. 산 사람에게 죽은 사람의 영혼을 씌워 만드는 강신이 만사겁황의 술법 중 가장 첫 단계이기 때문이다.

이 과정에서 하나의 차이로 두 가지 강신인이 만들어지는데, 하나는 술법만으로 만드는 강신인과, 만사겁황이 가진 사기를 불어넣어 만드는 강신인으로 나뉜다.

똑같이 살아 있는 사람에게 죽은 자의 영혼을 씌워 만들기 때문에 가지는 능력치는 똑같다.

하지만 딱 하나, 야율한의 적안, 또는 청안에 휘둘리느냐 아니냐의 차이가 발생한다.

이것을 감안하면 무조건 영향을 받지 않는 두 번째 강신인을 만들어야 한다.

하지만 그럴 만큼의 사기를 뽑아낼 수가 없었다.

만사겁황의 껍데기를 차지하고 앉은 본체가 살던 세계와 달리 현세는 그의 사기를 채워 주는 속도가 너무 느렸기 때문이다.

따라서 두 번째 강신인은 만사겁황 본인의 사기가 허락하는 한도에서 만들었고, 대부분을 첫 번째 강신인으로 만들었다.

문제는 여기서 발생했다.

이런 첫 번째 강신인은 야율한을 만나면 순식간에 아군에서 적군으로 돌변하게 될 테니까.

그래서 만사겁황은 여기서 한 단계 더 나가기로 했다.

강신인들로 생강시를 만든 것이다.

생강시의 경우엔 만사겁황의 사기가 일정 부분 들어가서 야율한의 적안이나 청안에 거의 영향을 받지 않기 때문이다.

그러면서도 사기가 들어간 강신인보다 사기의 양이 적게 들어간다.

그럼에도 생강시를 만드는 것이 더딘 이유는, 그것들을 만드는 작업이 강신인을 만드는 과정보다 더 어렵고, 고난도의 술법을 요구하기 때문이다.

실제로 산사람을 강신인으로 만들 때 성공률은 잘해야 반반이다.

이렇게 만들어진 강신인들로 다시 생강시를 만들 때의 성공률도 완벽했을 때나 반반이다.

다시 말해 네 명의 산 사람을 생강시로 만들 수 있는 숫자는 모든 과정이 다 잘되어야 한 명이란 뜻이다.

이것도 술법이 완벽하게 시전 되었을 때의 이야기라서 평균적으로는 살아 있는 사람 여섯 명당 한 명 꼴로 생강시가 만들어지고 있었다.

오늘도 그렇게 복잡한 과정을 통해 생강시를 만들고 나오는 만사겁황에게 제 문사가 다가섰다.

"성공입니까?"

"겨우 다섯이야. 나머진 실패했지."

열네 명의 강신인을 투입해 다섯 명을 생강시로 만들었으니 오늘도 반반의 성공률을 밑돈 셈이었다.

"그래도 그게 어딥니까."

위로라도 하려는지 괜찮다 말하는 제 문사에게 만사겁

황이 고개를 내저었다.

"숫자는 그럴지 몰라도 경지가 문제야. 계속해서 생강시들의 재료가 되는 강신인들의 경지가 떨어지고 있으니까."

"그건 어쩔 수 없는 것이 아니겠습니까? 강신으로 불러들일 수 있는 혼백의 수에는 한계가 있으니까요."

그랬다.

강신이 가능한 혼백은 구천을 떠돌거나 지옥에서 살아생전에 쌓은 업화를 벌로 받고 있던 영혼들뿐이다.

선업을 쌓아 이미 환생한 영혼들은 불러낼 수 없었으니까.

이게 문제가 되는 것은 만사겁황이 필요한 초고수에 해당하는 영혼들의 숫자에 제한이 생기기 때문이다.

물론 이것 말고도 만사겁황을 괴롭히는 일이 또 있기는 했다. 그것을 만사겁황이 거론했다.

"그것만이면 어떻게 해 보겠는데 애초에 강신인의 수준이 너무 낮아. 이러다간 생강시를 만들어 봐야 제대로 된 강신인 정도의 능력도 안 되겠다고."

"강신의 조건 때문이군요."

"맞아. 강신 되는 영혼의 수준은 그 영혼을 불러내기 위해 바치는 재물, 그러니까 산 사람의 능력치에 영향을 받으니까."

그래서 고수의 몸으로 강신을 시행하는 것이 결과가 좋다. 성공률도 높고.

하지만…….

"일반인들로 시행한 강신이라 강신되는 영혼들의 수준이 낮은 것은 어쩔 수 없질 않습니까?"

제 문사의 물음에 만사겁황이 중얼거렸다.

"재물의 수준이 낮다면 수를 늘리면 되긴 하지만……."

만사겁황의 말을 알아들었던지 제 문사가 고개를 내저었다.

"그러자면 적어도 산 사람 열은 바쳐야 하는데 그렇게 막대한 숫자를 썼다간 우리가 필요한 강신인의 숫자를 맞출 수가 없을 겁니다."

"현재까지 만든 강신인의 숫자가 얼마지?"

"삼만이 조금 넘습니다."

제 문사의 답에 만사겁황의 물음이 추가로 던져졌다.

"생강시는?"

"이제 삼천을 채웠지요."

제 문사의 답에 만사겁황의 표정이 일그러졌다.

숫자가 너무 불만족스러웠기 때문이다. 하긴 자신이 처음 이 세상에 불려 나왔을 때엔 순식간에 만 단위가 넘는 생강시를 만들어 냈었으니까.

하지만 지금은 불가능했다. 현재 만사겁황은 그 정도의 사기를 만들어 낼 수 없었기 때문이다.

그래서 더 열불이 났다.

"이년은 도대체 어디서 뭘 하는 건지!"

그랬다.

만사겁황이 유랑을 먼저 내보낸 이유가 바로 자신의 사기를 빨리 채우기 위해서였던 것이다.

현세에 억울하게 죽은 원혼과 그들의 한이 많으면 많을수록 만사겁황의 사기가 빨리, 또 많이 채워질 테니까.

그래서 세상을 아비규환으로 만들어주길 바라며 뭍으로 올려보낸 유랑은 잠잠했다.

그게 못내 아쉽고, 분했던 만사겁황에게 제 문사가 조심스럽게 말했다.

"여러 방향으로 알아본 결과 천산으로 향한 것 같긴 합니다만."

"우리가 살예진천황, 그 자식의 정보를 흘렸으니까 강자라면 환장하는 그년이 당연히 그곳으로 갔겠지. 그러면 싸움이 일어나고, 누군가는 죽었다는 소리가 나와야 하는데, 왜 그런 소식이 없냔 말이다."

"실제로 부교주나 교주가 누군가와 싸워 부상을 입었다는 소문도 아직 들려오지 않고 있습니다. 반대로 그 둘을 습격했다 죽은 자의 소문도 없고요."

"그럼 도대체 어떻게 됐다는 거야?"

연신 짜증을 내는 만사겁황에게 제 문사가 물었다.

"혹시 아직 못 만난 게 아닐까요?"

"그랬다면 그 밑에 있는 놈들의 죽음이라도 쌓여야지. 하지만 그런 소문도 없다면서?"

"예. 명교는 평온하답니다."

"신강이나 청해의 마문들은?"

"그쪽이 소란스럽긴 하지만 요즘 들어 수련한답시고 난리 치는 탓에 소란스러운 것이라서……."

"그러니까 아무도 죽는 놈들이 없다?"

"예."

제 문사의 답에 만사겁황이 투덜거렸다.

"그러니 내가 미치고 팔짝 뛸 노릇이란 소리다. 그년이 이렇게 조용히 있을 년이 절대로 아니거든."

그렇게 불만스러워하는 만사겁황을 달래듯 제 문사가 말했다.

"그러니 우린 우리가 할 수 있는 일을 하면 됩니다. 일단 숫자를 늘리는 것에 집중하는 것이죠."

"정말 숫자만으로 될까?"

"수를 많이 만들어서 여러 곳에 동시에 밀어 넣을 겁니다. 부교주의 몸이 여러 개가 아닌 이상, 우리가 원하는 소란과 분란은 충분히 일어날 테니까요."

"흠…… 불안하기 하지만 머리 좋은 네가 그렇다면 그런 것이겠지. 알았다. 일단 계속 숫자를 늘리는 것에 집중해 보자."

"예. 군도패주."

요즘 들어 해남검문에서 만사겁황을 부르는 호칭인 군도패주를 입에 올리는 제 문사였다.

그런 그에게 만사겁황이 물었다.

"해남검문 놈들의 분위기는?"

"이미 생강시가 된 문주가 공개되면서 상황을 인식한 이들이 고개를 완벽히 숙였습니다. 하긴 반항해 봐야 어떤 꼴이 될지 뻔히 알 테니까요."

"한데 정말 그놈들은 손대면 안 되는 거야?"

"뭍에서 일을 도모하자면 제정신을 가진 이들이 필요하니까요. 그러자면 지금 남아 있는 소수의 해남검문 무인들은 반드시 필요합니다."

좋은 강신인의 재료가 될 수 있는 제법 실력이 되는 이들이 상당수 남아 있었기에 만사겁황이 아쉬운 입맛을 다셨다.

그런 그에게 제 문사가 못을 박듯 말했다.

"절대적입니다!"

"알았어. 알았으니까 그렇게 도끼눈은 뜨지 마라."

"죄송합니다."

스스럼없이 고개를 숙이는 제 문사를 만사겁황이 지그시 바라봤다.

이전의 그 뻣뻣함이 완전히 사라진 모습이었기 때문이다.

말투도 그렇고, 나긋나긋해졌다고 해도 좋을 그 모습이 왠지 만사겁황은 조금 불안했기 때문이다.

'여전히 속을 모를 놈이라니까.'

그래서 더 위험했다. 그래도 지금은······.

"알았다. 난 사기를 채우러 간다."

"예. 군도패주."

다시금 고개를 조아리는 제 문사를 둔 채, 만사겁황이 요사이 명상(?) 또는 운기의 장소를 쓰고 있는 지하실로 내려갔다.

아무래도 지저와 더 가까운 지하실이 소모된 만사겁황의 사기를 채우는데 아주 극미하게라도 유리했기 때문이었다.

그렇게 지하실로 내려가는 만사겁황을 바라보는 제 문사의 눈빛이 차갑게 내려 앉아 있었다.

59장
분란의 씨앗

분란의 씨앗

유랑은 오늘도 서각의 두 여인과 무슨 얘길 그리 길게 하는지, 이 형은 서각 앞에서 그녀를 한참 동안 기다려서야 만날 수 있었다.

"이야긴 다 끝났어?"

"응. 오늘은."

"도대체 무슨 이야길 나누기에 기막까지 치고 그러는 건데?"

궁금한 표정이 역력한 이 형의 물음에 유랑이 고개를 내저었다.

"여인들의 이야기를 궁금해 하는 건 못난 사내라고 했어."

"누가?"

"친구들이."

"친구?"

"응. 우리 친구 먹었거든."

유랑이 말하는 우리가 누구인지 알아차린 이 형이 의아한 표정으로 물었다.

"네가 더 어리지 않나?"

"몸은 그렇지만 여긴 아니니까."

자신의 머리를 가리키며 몸과 그 안에 든 영혼이 다르다는 걸 거침없이 말하는 유랑의 모습에 이 형은 쓰게 웃었다.

그런 이 형을 바라보며 유랑이 물었다.

"왜, 이런 내가 싫어?"

다소 차갑게 가라앉은 유랑의 물음에 이 형이 고개를 저었다.

"그 고민은 이미 지나갔어. 이미 결론이 난 것으로 헤매는 짓 따윈 안 해."

"그래?"

"그래."

이 형의 답에 씨익 웃으며 팔짱을 낀 유랑이 물었다.

"한데 왜 표정이 그런 건데?"

"그냥 웃은 거야. 네가 참 거침없구나 싶어서."

"그럼 안 되나?"

"내 앞에선 상관없지만 다른 사람들 앞에서는 아무래도……."

"나도 그 정도 눈치는 있어. 다른데서 엉뚱한 소리는 안 한다고."

"그럼 됐어."

팔짱을 낀 자신의 손을 가볍게 다독이는 이 형의 손놀림에 기분 좋은 미소를 그린 유랑이 말했다.

"다시 해 봐. 그거 기분 좋네."

자신의 말에 그녀의 손을 다시금 다독이는 이 형에게 유랑이 물었다.

"근데 걔네들은 괜찮을까?"

"누구, 혹시 교주랑 부교주?"

"응."

"강한 자들이야."

"걔들이 무슨……."

피식 웃는 유랑에게 이 형이 미소를 지으며 말했다.

"실력은 너보다 부족할지 모르지만 여긴 훨씬 강한 사람들이지. 나조차 그 확신과 믿음엔 따를 수 없으니까."

가슴을 가리키는 이 형의 말에 유랑이 고개를 갸웃거리며 물어왔다.

"심장이 튼튼하다고?"

"아니. 마음이 강하다고. 달리 말하면 의지가 굳건하다고나 해야 할까."

"의지라…… 흠. 뭐 그럴지도."

고개를 주억거리던 유랑이 물었다.
"언제까지 기다려 볼 거야?"
"두 사람이 갔으니까 한 보름은 두고 볼 생각이야."
"그 시간이 지나도 돌아오지 않는다면?"
"문제가 생겼다고 봐야겠지."
"그땐 우리가 여길 먹는 건가?"
유랑의 물음에 이 형이 쓰게 웃었다.
"그것보다는 구하러 가야겠지."
"왜?"
"내 친구들이고, 네 친구들의 정혼자니까."
"그게 중요한 건가?"
유랑의 물음에 이 형의 고개가 강하게 끄덕여졌다.
"내가 널 무슨 상황에서도 지킬 생각이듯이, 그들과의 관계도 그런 거니까."
"날 지킬 거야?"
"그래."
"무슨 상황에서도?"
"그래."
"왜?"
"당연한 거니까."
이 형의 답에 유랑이 걸음을 멈추고 물었다.
"왜 그게 당연한 거지?"

"나한테 네가 소중하니까."

"소중해서 날 지킨다고? 어떤 상황에서도?"

"그래."

이 형의 답에도 불구하고 여전히 이해하기 어렵다는 표정인 유랑이 물었다.

"내게 무슨 일이 생긴다면, 그건 내 실력이 부족해서 생긴 일일 텐데, 그걸 왜 네가 대신 감당하겠다는 거지?"

"적어도 너와 난, 네 일 내 일의 구별은 없는 사이가 된 것이니까."

"우리 사이가 그런 거야?"

"그래. 이 세상의 연모하는 사이는 다 그래."

"연모…… 하는 사이야 우리가?"

생각지 못한 유랑의 물음에 이 형이 당황한 표정으로 물었다.

"그럼 넌 날 연모하지 않아?"

자신을 뚫어지게 바라보는 이 형을 지그시 바라보던 유랑이 물었다.

"그럼 넌 날 연모해?"

"그러니까 이러고 있겠지."

팔짱을 긴 유랑의 손을 두드리며 답하는 이 형을 뚫어지게 바라보던 유랑이 고개를 끄덕였다.

"알았어."

"설마 그게 대답의 전부는 아니지?"

"내가 뭘 더 대답해야 해?"

의아한 듯 자신을 바라보는 유랑의 눈빛을 들여다보던 이 형이 허허롭게 웃었다.

"이런! 이건 내가 완벽하게 손해 보는 장사로구먼."

"무슨 장사를 했는데?"

"장사를 했다는 게 아니라…… 하하. 아니다. 알았어. 네 마음도 중요하지만 네가 내 옆에 있다는 게 더 중요하니까. 됐어."

"그래."

더 깊게 물어오면 어쩌나 싶었는데 유랑은 생각 외로 쉽게 궁금증을 접었다.

그런 그녀와 함께 다시 보폭을 맞춰 걷는 이 형에게 유랑이 물어왔다.

"그래서 보름 후에도 걔들이 안 오면 우리가 구하러 갈 거란 거지?"

"맞아."

"흠…… 알았어."

고개를 끄덕이는 유랑이 뭐 그리 예쁜지 이 형은 헤 벌어진 입을 다물지 못했다.

그런 이 형의 마음이 마음에 닿았던 것일까? 그의 팔을 더 바짝 끌어당겨 안는 유랑이었다.

그렇게 세월 좋은 두 사람과 달리 야율한과 일행은 조금 난감한 상황에 처해 있었다.

* * *

자신들을 향해 검을 뻗어 내고 있는 이들을 바라보던 야율한이 자신보다 더 당황한 표정이 역력한 월검쌍위를 바라봤다.

"말이 통할 거라면서요?"

"그, 그게……."

지금의 상황이 벌어지기 직전, 월검쌍위는 몰래 스며들어가서 오지산 분파주를 만나보자는 야율한의 권유를 거부하고, 정정당당하게 나서는 걸 주장했다.

자신이 아는 분파주는 충분히 이야기가 통할 상대라는 것이 그 주장의 근거였다.

워낙 강하게 주장했던 터라 교주조차 '저놈이 저 정도로 확신하니 믿어 보지'라고 했을 정도였다.

그리고 그 결과가 지금의 상황이었다.

자신들이 방문한 이유를 월검쌍위가 밝혔음에도 무인들을 동원해 위협을 가해 왔던 것이다.

안타까운 것이 있다면 육지의 거의 모든 무림인이 아는 야율한의 모습을 해남검문의 무인들은 좀처럼 알아보지 못했다는 점이었다.

뭍으로 나갈 일이 좀처럼 없던 해남검문의 상황이 살예진천황의 위험에 민감하지 않게 만들었던 것이다.

그래서인지 야율한과 교주를 향해 검을 내뻗는 걸 주저하지 않았다.

첫 단추부터 잘못 끼워진 느낌이었다. 그런 상황에서 오지산 분파의 무사들을 바라보던 교주가 월검쌍위에게 물었다.

"이래도 대화로 해결할래?"

교주의 그 물음에 저만치서 고리눈을 뜬 채 자신을 배신자라 비난하고 있는 오지산 분파주를 멍하니 바라보던 월검쌍위의 고개가 가로저어졌다.

월검쌍위의 그 모습을 확인한 교주가 나섰다.

솔직히 오지산 분파에는 교주가 나서서 칼을 뽑아들 정도의 실력자는 존재하지 않았다.

오지산 분파의 최고수라는 분파주조차 월검쌍위와 비슷한 실력이었으니까.

그래서인지 교주가 나선지 일각만에 오지산 분파의 무인들은 정리가 되었다.

그렇다고 교주가 어마어마한 신공절학을 뿜어낸 것도 아니었다.

그저 칼을 들고 여기저기 설쳐댄 것에 지나지 않았으니까. 그 간단한 움직임조차 막아 낼 수 없었던 것이다.

그렇게 순식간에 제압당한 이들 속에서 분파주를 찾아낸 월검쌍위가 안타까운 표정으로 물었다.

"도대체 왜 이런 겁니까? 내가 어떤 사람인지 사숙은 알잖습니까?"

그랬다. 월검쌍위가 오지산 분파를 믿었던 가장 근본적 이유.

바로 분파주가 사사로이는 월검쌍위의 사숙이었기 때문이다.

하지만 그 믿음이 덧없이 무너진 후였기에 월검쌍위는 그 이유부터 물은 것이다.

좀처럼 이유를 짐작할 수 없었기 때문이다.

그런 그에게 분파주가 답했다.

"내 식솔들이 모두 본문에 있다."

그 말이 무엇을 뜻하는지 대번에 알아차린 월검쌍위가 물었다.

"설마 인질이란 말입니까?"

"아니면 이 비루한 목숨을 왜 지금까지 연명하고 있을까."

"사숙……."

"베라. 더는 치욕스럽게 살고 싶지 않으니."

그 말을 끝으로 입을 다물고 눈까지 감아 버리는 분파주에게 더는 얻어 낼 게 없음을 직감해야 했다.

그렇게 좌절하는 월검쌍위에게서 시선을 돌린 교주가 야율한을 바라봤다.

"이래도 다 구해 볼 생각이냐?"

"강신인들과 부딪쳐 보고요."

아직도 미련을 보이는 야율한의 모습에 교주는 작게 한숨을 내쉬었다.

월검쌍위를 시켜 분파 내의 무인들을 모두 점혈해 가둬 둔 야율한은 홀로 여모봉으로 움직였다.

그게 빠르고 조용했기 때문이다.

문제가 생기면 뒤도 안돌아보고 무조건 오지산으로 되돌아온다는 약속을 받은 교주도 그것에 동의했다.

그 덕에 여모봉으로 접근하는 야율한은 홀로 가볍게 움직일 수 있었다.

오지산도 분파 건물 안에만 사람들이 있었듯이 해남검문이 자리를 잡은 여모봉도 주변 산자락에선 사람의 그림자도 찾아볼 수 없었다.

그래서 그런지 멀찍이 보이는 해남검문이 을씨년스러워 보일 지경이었다.

상식을 초월하는 야율한의 이동 속도를 감안하면 발 한 번 내딛으면 코앞일 거리였지만 무슨 생각인지 야율한은 해남검문이 멀리 보이는 산자락 나무 그늘 아래 몸을 감춘 채 주변을 살폈다.

순찰을 위해 지나갈 무인이나 강신인이 있을까 싶었기 때문이다.

그 기다림이 이각을 넘었을 때쯤 일단의 사람들이 다가왔다.

이젠 자신이 마음만 먹으면 작동되는 적안이 상대의 정체를 꿰뚫어봤다.

"생인 한 명에 강신인이 셋이라……."

마치 살아 있는 사람이 강신인 셋을 지휘하는 느낌이었다. 그럴 수밖에 없는 것이 밖으로 드러난 기세도 생인이 더 강했기 때문이다.

생인의 경지는 잘 쳐줘도 절정, 아니, 아니다. 최상승의 일류 정도.

그 정도도 상당한 실력자로 대접을 받겠지만 야율한의 입장에선 좀처럼 이해되지 않는 모습이긴 했다.

지금까지 야율한이 목격했던 대부분의 강신인들은 죽은 전대 고수들이었기 때문이다.

적어도 절정, 대부분은 초절정 이상의 경지를 보였던 것이다.

한데 지금 그의 시선에 들어온 강신인들은 일류?

그것에도 고개를 갸웃거리게 만들 정도의 기세만 엿보

였던 것이다.

 그렇게 좀처럼 이해되지 않는 상황에 연신 고개를 갸웃거리던 야율한의 시야로 문제의 인원들이 점점 더 다가왔다.

 조금 더 다가오길 기다리던 야율한의 신형이 움직였다.

 죽일 필요도 없었다.

 최상승의 일류로 보이던 생인을 금나수로 낚아채서 점혈하는 건 일도 아니었으니까.

 중요한 것은 그 뒤였다.

 파랗게 일렁이는 야율한의 눈빛에 덜컥, 강신인들의 행동이 정지되었다.

 그리고 이내 쓰러지듯 무너진 이들의 신형이 바닥에 엎어졌다.

 "청안의 주인을 뵈옵니다!"

 공포로 부들부들 떠는 강신인들을 내려다보는 야율한의 눈빛에 안도감이 들어섰다.

 해남검문에서 만사겁황이 만들어 낸 강신인들에게 여전히 청안이 먹힌다는 걸 알 수 있었기 때문이다.

 "이자를 업고 따르세요."

 그 명을 내려놓고 달려가는 야율한을 따라 점혈 당해 꼼짝도 못 하는 생인을 챙긴 강신인들이 황급히 움직였다.

이제나저제나 야율한이 돌아오기만을 기다리던 교주의 표정이 풀어졌다.

급격하게 다가오는 야율한의 기세를 감지했기 때문이다.

그렇게 기다리길 잠시, 야율한이 몇몇 사람들과 함께 오지산 분파에 모습을 드러냈다.

"왔냐?"

"예."

답하는 야율한의 뒤로 공손히 늘어서는 세 사람을 일별한 교주가 물었다.

"강신인들한테 청안이 먹히는 모양이구나."

"예. 다행이요."

미소로 고개를 끄덕이는 야율한의 답에 강신인들이 내려놓은 사람에게로 교주의 시선이 향했다.

"저자는 살아 있는 사람 같은데?"

"맞습니다. 생인입니다."

야율한의 답에 교주가 그에게로 다가갔다.

멍군데 혈도를 풀자 놀란 해남검문의 무인이 황급히 일어났다.

그런 그에게 교주가 물었다.

"잘 알겠지만 난 인내심이 적어. 그러니까 묻는 말에 재깍재깍 대답하자."

"누, 누구요? 누군데 날 이리 잡아온 것이오?"

당황한 상황에서도 이쪽의 정체를 파악하고자 애를 쓰는 해남검문 무사의 행동에 교주가 피식 웃었다.

"자식, 자세가 되었네. 그렇다면 답을 해 주는 게 인지상정이겠지. 나, 명교의 교주일세."

"교주면…… 무, 무천마제!"

자지러질 듯 놀라는 해남검문 무인에게 교주가 자랑하듯 가슴을 쭉 펴며 답했다.

"맞아. 사람들이 그렇게 부르지."

으스대는 듯한 그 답 뒤에 교주가 물었다.

* * *

"하나만 묻자. 강신인의 숫자가 얼마나 되나?"

"그걸 말해 줄 거라고 생각하나? 어림도 없다!"

"그래? 그럼 죽어야지."

교주의 말에 해남검문의 생인은 죽음을 각오한 눈빛으로 소리쳤다.

"어차피 사로잡혔을 때 죽음을 각오했다!"

"그래. 장하네. 야!"

교주의 부름에 월검쌍위가 달려왔다.

"예, 교주님."

"가서 늑대새끼 몇 마리만 잡아와."

"늑대요?"

갑자기 왜 늑대가 필요한지 몰라 어리둥절해 하는 월검쌍위에게 교주가 말했다.

"며칠 굶긴 후에 저 새끼 산 채로 던져 줄 거야."

한마디로 처형 도구로 사용하겠다는 소리였다. 그 소리를 듣자마자 해남검문 무사가 손을 치켜들었다.

천령개를 내려쳐 자결하려던 것인데 교주가 한발 빨랐다.

가벼운 지풍이 일더니 해남검문 무사의 마혈과 아혈이 점혈당해 꼼짝달싹 못 하게 되었기 때문이다.

더구나 아혈까지 잡혀서 혀조차 깨물 수 없었다.

그런 해남검문 무사를 일별한 교주가 월검쌍위를 바라보며 말했다.

"뭐 해. 얼른 가서 잡아 오지 않고."

"진짜로 잡아 옵니까?"

"그래 성질 더러워 보이는 놈들로 두 마리면 되겠다."

교주의 표정 상 절대로 헛소리가 아님을 확인한 월검쌍위가 야율한을 돌아봤다.

부교주라면 교주의 이 미친 짓을 막아 줄 거라 생각했기 때문이다.

한데…….

부교주가 월검쌍위의 시선을 피했다.

그것이 뜻하는 바를 알아차린 월검쌍위는 결국 산속으로 들어갔다. 늑대를 잡기 위해서.

그렇게 월검쌍위가 떠나자 교주가 야율한에게 전음을 건넸다.

-어쩐 일이냐? 말릴 줄 알았더니.

-사형이 다 생각이 있어서 하시는 일일 테니까요.

전음으로 건네진 야율한의 답에 피식 웃은 교주가 주변에서 나무를 베어다가 오막을 짓기 시작했다.

한데 얼마나 대충 짓는지 나무와 나무 사이의 틈이 어른 팔 하나는 충분히 들어갈 수 있을 정도였다.

하긴 칼로 나무를 대충 잘라서 내력으로 땅에 박아 가며 설렁설렁 만든 모옥이었으니까.

지붕조차 비슷하게 만들어 올렸을 정도다.

아마 비가 오면 그 안에 있는 사람들은 고스란히 비를 맞아야 할 것이 분명해 보이는 완성도였다.

그렇게 만들어진 모옥을 보고서야 야율한은 그것이 집이 아니라 감옥이라는 걸 알아볼 수 있었다.

그걸 완성한 교주는 그 감옥 앞에 조금 작은 감옥, 아니 우리를 지었다.

그 두 건물이 다 완성되었을 때쯤 월검쌍위가 늑대 두 마리를 끌고 돌아왔다.

어딜 어떻게 해 놨는지 축 늘어져 눈만 데룩데룩 굴리

는 늑대들을 짊어지고 온 월검쌍위에게 교주가 말했다.

"저 우리에다 집어넣어."

교주가 가리킨 곳에 늑대를 집어넣고 혈을 치자 축 늘어져 있던 늑대들이 벌떡 일어나 사납게 으르렁 거렸다.

그런 늑대들을 두고 우리를 빠져나온 월검쌍위가 재빨리 입구를 닫았다.

그러자 이번엔 교주가 마혈과 아혈이 제압당한 해남검문의 무사를 그 우리 코앞에 지어져 있던 감옥에 넣었다.

친절하게도 교주는 포로의 고개를 우리 쪽으로 돌려놓아서 그는 싫어도 으르렁거리는 늑대를 정면에서 계속 바라보아야만 했다.

그렇게 해놓고 나온 교주가 월검쌍위에게 말했다.

"앞으로 사흘간 늑대를 굶겨. 물만 조금 넣어 주고, 먹을 건 아무것도 넣지 마."

그 명령의 의도를 월검쌍위는 좀처럼 짐작하지 못했다.

과거였다면 '역시 마교'라며 사람을 늑대에게 정말 잡아먹히게 하려는 것이라고 생각했겠지만.

지난 시간 명교에서 지내면서 자신이 알던 명교의 많은 것이 잘못되었다는 것을 실감했던 월검쌍위로서는 그 말을 곧이곧대로 믿을 수 없었던 것이다.

특히 부교주가 무덤덤하다는 것 때문에 더 했다.

그가 실제로 부딪쳐본 부교주는 절대로 사람을 늑대에

게 먹이로 던져 줄 성품은 아니었으니까.

 그래서 월검쌍위는 눈을 꾹 감고 교주의 명에 고개를 끄덕였다.

 '다른 뜻이 있을 거야'라고 애써 위안하면서 말이다.

 교주와 야율한은 무슨 생각인지 사흘을 태평하게 지냈다.

 교주가 오지산 분파를 뒤져 찾아낸 술을 나눠 마시며, 월검쌍위가 마련한 음식으로 안주를 삼으면서 말이다.

 그 사흘 동안 교주도, 야율한도 마혈과 아혈이 점혈당해 있는 해남검문 무사에겐 아무런 관심을 주지 않았다.

 월검쌍위가 중간에 포로에게 물을 줄 때 아혈을 풀어 이제 실토하라고 다그쳐 보겠다는 요청에도 단호히 고개를 저을 뿐이었다.

 솔직히 겁을 주려는 것이라고 생각했던 월검쌍위로서는 두 사람의 행동이 이해가 가질 않았다.

 포로의 공포심이 극대화 될 시점에 내면의 갈등을 키워 결국 원하는 정보를 토설하게 만드는 것, 그것이 목적이라고 짐작했었는데 교주와 부교주는 그 일엔 관심조차 보이지 않았기 때문이다.

 그렇게 사흘이 지나갔다.

 늑대들의 흉성은 극에 달해 있었다. 사흘간 약간의 물을 빼고는 아무것도 먹이지 않았기 때문이다.

얼마나 난리를 치는지 어설프게 지은 우리가 무너질까 걱정일 정도였다.

그렇게 흉성이 폭발한 늑대를 코앞에서 바라봐야 했던 포로의 공포가 어땠을지 월검쌍위는 생각만으로도 끔찍했다.

여하간 운명의 시간이 다가왔고, 드디어 교주가 포로가 갇혀 있는 감옥으로 다가섰다.

이쯤에서 아혈을 풀고 물어볼 것이라는 월검쌍위의 생각은 이번에도 틀렸다.

교주는 아무것도 묻지 않고, 마혈을 제압당해 힘없이 축 처져 있던 포로의 팔을 나무창살 사이로 빼내서 늑대가 난리를 치고 있는 우리 사이로 밀어 넣으려 들었다.

그 장면을 바라보던 월검쌍위조차 시선을 돌렸을 정도니 당사자인 포로의 마음이야 거론하지 않아도 충분히 짐작할 수 있을 터였다.

어떤 말도, 아무런 행동도 할 수 없는 상태에서 자신의 팔이 늑대 우리로 집어넣어지는 순간, 굵은 눈물이 흘러내리는 포로의 눈동자는 폭풍우 치는 바다 위의 일엽편주처럼 바르르 떨렸다.

거기다 교주는 우리로 밀어 넣어진 포로의 팔을 움직여 달려드는 늑대의 입 앞에서 살짝, 살짝 치우며 오히려 늑대를 약 올리고 있었다.

그때마다 포로의 공포감은 극단을 달리고 있었다.

교주가 잠깐만 실수해도 자신의 팔이 늑대에게 물려 생으로 뜯겨나가게 생겼으니까.

그런 포로를 힐긋 일별한 교주가 우리에서 팔을 꺼냈다.

그렇다고 감옥 안으로 집어넣어 준 것도 아니고, 단지 늑대의 입이 닿지 않는 딱 그 거리만큼만 물려놓았을 뿐이다.

그리고는 교주가 지풍을 날려 아혈을 풀었다.

순간 월검쌍위는 포로가 혀를 깨물 거라고 생각했다.

하지만……

"제, 제발! 제발 부탁합니다. 늑대에게 먹히게는 하지 말아 주십시오."

갈라진 목소리로 애원하는 포로의 음성은 울음으로 가득 차 있었다.

그렇게 애원하는 포로에게 교주가 말했다.

"세상에 공짜가 어디 있어. 네가 원하는 걸 얻자면 내게도 줄 건 줘야지."

"뭐, 뭘 원하십니까? 아는 대로, 제가 아는 대로 모두 말하겠습니다. 그러니 제발 사람답게 죽여 주십시오."

포로의 애원에 교주가 물었다.

"그렇다면 묻지. 강신인의 숫자가 얼마야?"

"저도 확실한 건 모릅니다. 누구는 삼만이 넘는다고도

하고, 또 다른 이들은 이만 조금 넘었다고 하니까요."

"대략 이삼만이란 소리네."

"네. 대부분 그 안에서 이야기들이 돌고 있습니다."

순순히 답하는 포로를 바라보며 교주가 중얼거렸다.

"만사겁황 새끼, 지독히도 많이 만들었네."

교주의 투덜거림을 물음으로 인식했던지 포로가 재빨리 답을 내놓았다.

"군도패주는 그 숫자도 적다고 하는 것으로 알고 있습니다."

"군도패주?"

"만사겁황 님을 그리 부르고 있습니다."

"님은 무슨, 그 새끼지."

"마, 맞습니다. 그 새낍니다."

두 번 생각할 것도 없다는 듯이 자신의 말을 그대로 따라하는 포로에게 교주가 물었다.

"또 다른 걸 만든 건 없나?"

"들리는 말엔 강신인의 종류가 두 개라고 합니다. 하지만 제 눈엔 그게 그거라서 무슨 차이인지 알 수 없었습니다."

"강신인이 두 종류라고?"

"예. 높은 분들이 그렇게 말하는 걸 들었다는 이들이 적지 않았습니다."

생각 외의 말에 야율한을 돌아본 교주가 포로에게 다시

분란의 씨앗 〈217〉

질문을 던졌다.

"또 다른 건?"

"생강시! 맞습니다. 생강시도 만들고 있다는 소릴 들었습니다. 물론 전 아직 한 번도 보지 못했습니다만……."

일전에 생강시와 마주쳤던 기억을 떠올리며 눈살을 찌푸리는 교주를 대신해 나선 야율한이 포로에게 물었다.

"다른 종류의 강신인이 뭐가 다르다는 소리는 들은 적이 없습니까?"

"없습니다. 그에 대해서는 마치 비밀처럼 누구도 알지 못했습니다."

포로의 답에 고개를 끄덕인 야율한이 교주를 바라봤다.

그 시선에 마주 고개를 끄덕이며 일어선 교주가 월검쌍위를 돌아봤다.

"이 새끼 꺼내다가 분파 놈들 갇혀 있는데 처박아 둬."

그 말끝에 시전한 지풍에 마혈마저 풀린 포로의 사지가 움직여졌다.

그런 그를 월검쌍위가 재빨리 부축해 감옥에서 빼냈다.

마치 이곳에 더 두었다간 진짜로 늑대에 먹히기라도 할 듯이 말이다.

포로도 비슷한 생각을 했는지 월검쌍위가 이끄는 대로 걸음을 옮겼다.

그렇게 포로와 월검쌍위가 모습을 감추자 교주가 야율

한에게 물었다.

"널 따라온 강신인한테 물으면 뭔가 더 얻을 수 있을까?"

"일단 시도해 보겠습니다."

그 말을 하자마자 주변에 어슬렁거리던 강신인들을 야율한이 불렀다.

'이쪽으로 오십시오'란 자신의 말이 떨어지기 무섭게 달려온 세 명의 강신인에게 야율한이 물었다.

"만사겁황이 만들어 낸 강신인이 두 종류라고 들었습니다. 맞습니까?"

"맞습니다."

일체의 고민이나 머뭇거림도 없는 강신인들의 답에 야율한이 눈을 반짝이며 물었다.

"차이가 무엇입니까?"

"사기(邪氣)의 유무입니다."

"사기?"

야율한의 의문에 한 강신인이 설명을 하고 나섰다. 그 설명을 모두 들은 야율한과 교주의 눈빛이 차갑게 가라앉았다.

한마디로 야율한의 청안에 영향을 받지 않는 강신인들이 존재한다는 소리였기 때문이다.

또 하나, 포로에게 정보를 얻기 위해 허비한 사흘이 아쉬울 정도로 강신인들은 정보를 순순히 토해 내고 있었다.

"진즉 물어볼 걸 그랬다."

교주의 말에 야율한이 쓰게 웃은 이유였다. 그도 강신인에게서 정보를 얻어 낼 수 있을 거란 생각을 미처 해 보지 못했기 때문이다.

그런 야율한이 뒤늦게 생각난 듯 강신인에게 물었다.

"혹시 생강시들도 마찬가집니까?"

"요즘 만들어 내고 있는 생강시들은 모두 사기를 주입해서 만들고 있는 것으로 압니다."

그 말은 생강시도 청안에 영향을 받지 않을 것이란 뜻이었다.

"생강시의 숫자도 압니까?"

"삼천 남짓이란 소리를 들었습니다."

이번에도 순순히 정보를 토해 놓은 강신인에게 야율한의 물음이 이어졌다.

"그럼 사기가 주입된 강신인들의 숫자도 압니까?"

"그건 잘 알지 못합니다."

강신인의 답에 살짝 실망한 야율한의 시선이 교주에게로 향했다.

이만에서 삼만 사이의 숫자 중 얼마나 많은 강신인이 야율한의 청안에 영향을 받지 않는지 알 수 없었기 때문이다.

그런 야율한의 실망 어린 시선에 무언가를 골똘히 생각

하던 교주가 물었다.

"네 청안에 복종하는 강신인들이 반만 넘으면 되는 거 아냐?"

무슨 소릴 하려고 저런 말을 하나 싶었던 야율한의 눈이 커졌다.

교주가 하고자 하는 말의 뜻을 뒤늦게 알아차렸던 것이다.

"이이제이!"

"그래. 오랑캐로 오랑캐를 제압한다. 네 청안에 복종하는 강신인들로 영향을 안 받는 강신인들과 생강시들을 상대하면……."

"우린 그사이에 만사겁황을 제거하고, 막후를 구출하면 되는군요!"

"그래. 물론 만에 하나 우리 쪽으로 돌아설 수 있는 강신인의 수가 너무 적다면……."

교주가 흐리는 뒷말을 야율한이 이었다.

"막후만 빼내서 빠져나가면 되죠. 애초의 계획대로."

"맞아. 일단 그렇게 하는 것으로……."

결론을 지으려던 교주의 말이 흩어지고 표정이 굳었다. 무슨 생각을 하는지 야율한의 눈빛이 이상하게 반짝거리기 시작한 탓이었다.

저런 눈빛 후에는 교주는 생각도 하지 못했던 일을 툭툭 저지르곤 했던 부교주였기 때문이다.

그래서였는지 그런 야율한에게 교주가 불만 어린 음성으로 불퉁거렸다.

"아아, 왜에!

그런 교주에게 결심을 굳혔는지 야율한이 씨익 웃어 보였다.

그 미소가 교주는 오랜만에 살기 가득해 보인다고 생각했다.

* * *

짙은 어둠이 내린 밤, 앞서 달리는 야율한을 뒤쫓는 교주는 이게 과연 잘하는 짓인지 여전히 장담할 수 없었다.

반짝이는 눈빛 이후에 야율한이 내놓은 방안이 파격적이었기 때문이다.

'급습!'

누군가를 습격하자는 그 이야기를 하며 웃는 야율한의 미소는 교주가 보기에도 살 떨릴 만큼 무서운 살기로 가득했다.

그게 반대하지 못하고 따라나선 이유였다.

그렇게 달리길 얼마, 저만치 해남검문이 바라보이는 곳에서 멈춘 야율한이 자신의 뒤를 따라온 교주를 돌아봤다.

"강신인들의 답변대로면 막후로 의심되는 여인은 내원의 모혼각이란 곳에 갇혀 있을 공산이 큽니다."

"알아. 그곳을 나보고 맡으라는 거 아냐."

"맞습니다. 사형. 우리의 예상대로 그곳에 있다면 다행이겠습니다만……."

뒷말을 흐리는 야율한에게 교주가 말을 이었다.

"그곳이 아니면 찾으면 되지. 무슨 소린 줄 알았어. 서둘러 볼게."

"예. 그사이 저는 만사겁황을 덮쳐서 해결을 보겠습니다."

"강신인이나 생강시를 동원하기 전에 때려잡아야 하는 건 알지?"

"압니다. 그래서 숨도 안 쉬고 몰아칠 생각입니다."

"그래. 놈이 저번처럼 몸을 부수고, 영혼으로 도망치는 것도 대비해야 해."

교주의 걱정에 야율한이 고개를 끄덕였다.

"최대한 노력해 보겠습니다."

"좋아. 노력은 최대치로 하되, 이건 아니다 싶으면?"

"뒤도 안 돌아보고 오지산으로 튄다!"

"좋아. 그 약속을 잊지 마."

교주가 야율한의 계획에 동의하며 따라나설 때 내걸었던 단 하나의 조건이다.

그것만 지킨다면 교주는 무조건 하자는 대로 하겠다고

했으니까.

그 모든 것이 자신을 걱정한 교주의 마음에서 비롯되었다는 걸 알기 때문에 야율한은 푸근한 미소를 지어 보일 수 있었다.

"알겠습니다. 약속은 지키겠습니다."

"좋아. 그럼."

고개를 끄덕인 교주의 신형이 바람 속으로 흩어졌다.

곧바로 행동에 들어간 것이다.

그것을 신호로 삼아 야율한도 이내 허공 속으로 녹아들 듯 모습을 감추었다.

교주가 강신인들이 주었던 정보대로 내원의 모혼각으로 향했다면, 야율한은 강신인들에게서 얻어 낸 정보를 토대로 해남검문 중심부에 위치한 지하 폐관수련장으로 향했다.

강신인이나 생강시를 만들 때가 아니면 만사검황이 항상 그곳에 있다는 소리를 들었기 때문이다.

외인의 출입을 막기 위해 닫아놓은 두꺼운 바위문은 야율한에게 아무런 장해물도 되지 않았다.

이동속도가 논리적으로 설명되지 않는 것처럼, 야율한의 경공은 바람이 새어 들어갈 작은 틈만 있어도 비집고 들어갈 수 있었기 때문이다.

그렇게 폐관 수련장 안으로 들어선 야율한은 눈을 감고 운기 중인 만사겁황을 한눈에 알아봤다.

괜히 대화로 쓸데없이 시간을 끌지도 않았고, 기세를 먼저 발출해 상대가 준비할 여유를 주지도 않았다.

스며들자마자 그대로 덮친 것이다.

쾅!

전광석화를 방불케 한 고속의 공격을 만사겁황이 바닥을 데굴데굴 굴러서 가까스로 피했다.

그런 만사겁황을 향해 야율한의 이차 공격이 쏟아졌다.

콰광!

힘나가 거칠게 밀어붙였는지 그 한 방에 폐관수련장의 한쪽 벽이 모조리 터져 나갔다.

그걸 맞았으면 어떻게 되었을지 모골이 송연해진 만사겁황이 정신없이 피해 다녔다.

그런 그를 야율한의 공격이 다시 따라붙었다.

직전의 공격으로 큰 폭음이 발생된 이상, 적이 몰려올 것이 분명했기다.

그 전에 해결을 봐야 했다.

결심을 굳힌 야율한의 왼손에 벽운도가 들렸다.

거센 검강에 더해 벽운도에서 일어난 뇌기가 폐관수련장을 꽉 채웠다.

그제야 상대를 제대로 알아차린 만사겁황의 눈이 커졌다.

"살예진천황!"

"죽어!"

곧바로 들려온 야율한의 고함을 따라 무지막지한 검강과 뇌기가 들이닥쳤다.

콰과광!

이번에는 다른 쪽 폐관수련장의 벽이 폭발하면서 완전히 뜯겨 나갔다.

가해진 힘이 얼마나 강력했는지 짐작하고도 남는 광경이었다.

애석했던 것은 이번에도 만사겁황이 그 공격을 피해 냈다는 것이었다.

다만 이번엔 완전히 무사하게 빠져나가진 못했다.

어깻죽지부터 잘려 나간 왼팔에서 피가 폭포수처럼 쏟아졌던 것이다.

그 막대한 출혈을 지혈할 기회도 얻지 못한 채, 만사겁황은 다시금 바닥을 굴러야만 했다.

뒤이어 곧바로, 방금 전까지 그가 서 있던 자리를 야율한의 검강이 그대로 쓸어버렸다.

그걸 피한답시고, 다급히 바닥을 구르던 만사겁황의 신형이 폐관수련장 밖으로 튕겨 나갔다.

피하다 보니 직전의 공격으로 터져 나간 벽을 통해 밖으로 나간 것이다.

천운으로 그렇게 폐관 수련장 밖으로 나간 만사겁황의 눈이 반짝이고 이내 뒤도 안 돌아보고 뛰었다.

그런 그의 등 뒤로 섬뜩한 섬광이 날았다.

벽운도에서 발출된 뇌기 실린 도강이었다.

쾅!

정통으로 얻어맞은 만사겁황의 등 뒤가 난장판이 되었다.

하지만 그 충격으로 데굴데굴 굴러간 만사겁황은 그 반동을 이용해 곧바로 튕겨 일어서며 도주를 이어 갔다.

만사겁황의 살고자 하는 의지와 질긴 생명력은 타의 추종을 불허함을 인정해야만 했다.

그렇게 도주하는 방향에서 상당수의 강신인들과 생강시들이 뛰어오는 것이 보였다.

눈가를 찌푸리는 야율한이 잠시 갈등했다.

하지만 이내 야율한의 양손이 검과 벽운도를 꽉 움켜쥐더니 마주 달려갔다.

* * *

야율한이 폐관 수련장 쪽에서 전투에 나선 그 시간, 교주는 한참을 헤맨 끝에 모혼각을 찾아 스며들었다.

하지만 그곳에 갇혀 있는 여자는 교주가 찾던 막후가 아니었다.

처음 보는 여자의 모습에 두 말없이 돌아서는 교주를 갇혀 있던 여자가 다급히 불렀다.

"도와주세요!"

"미안하지만 내가 할 일이 있어서……."

"모혼도의 도주입니다. 제발 도와주세요."

모혼도, 모혼각.

묘하게 겹치는 이름에 교주의 궁금증이 도져 버렸다.

결국 천천히 돌아선 교주가 여자에게 물었다.

"모혼도가 뭐 하는 곳이지?"

"검총(劍塚)이 있는 곳이랍니다."

"검총? 설마 검조(劍祖)의 그 검총?"

"그렇게 말하는 전설도 있습니다만 저흰 해남검문의 조사가 세운 검총, 그러니까 검의 무덤이라 부릅니다."

교주가 거론한 검조는 중원에 처음 검술을 만들어 냈다는 자를 뜻한다.

그가 전성기 때 펼쳤다는 천뢰(天牢)는 그의 사후 실전되어 전해지지 않는다.

그럼에도 천하 최강을 논하는 검법들 중에서 당당히 일위의 자리를 차지하고 있었다.

그만큼 검조의 위상은 하늘을 찌를 듯 높다.

오죽하면 검의 조종이라 불리는 화산과 검각이 서로 자신들의 조사가 검조라 주장했을까.

하지만 검조의 모든 무공과 그와 싸웠던 이들에게서 전리품으로 모았다는 천하의 명검들이 소장되어 있다는 검총은 그 두 문파 모두, 밝히지 못했다.

그래서 강호에선 가장 풀기 어려운 전설 중 하나로 검총을 꼽는다.

그 검총이 언급되었다는 것이 교주의 관심을 강하게 끌어당겼던 것이다.

그대로 나갈 것 같던 교주가 바짝 다가서자 여인이 서둘러 말을 했다.

"그 검총에 들어갈 수 있게 해드리겠어요."

"혹시 널 여기 가둬 둔 것도……?"

"맞아요. 군도패주는 검총을 원하죠."

여인의 답에 교주가 의심스러운 눈빛을 던졌다.

"이 꼴이 되면서도 지킨 검총을 이렇게 덧없이 내게 열어 주겠다고?"

"죽는 것보단 나으니까요."

여인의 답에 교주의 눈매가 더 가라앉았다.

"군도패준지 뭔지로 불린다는 만사겁황에게 알려 줬어도 살아남을 수 있었던 거 아닌가?"

"그렇다고 사람을 사람이 아니게 만드는 이에게 알려 줄 수는 없으니까요."

사람을 사람이 아니게 만드는 것.

분란의 씨앗 〈229〉

아마도 강신인이나 생강시를 뜻하는 것 같은 여인의 말에 비로소 납득의 기색을 보이는 교주에게 여인이 숨결이 느껴질 정도로 바짝 다가섰다.

"그러니까 날 구해 줘요. 그럼 검총으로 안내하겠다고 약속하죠."

코가 닿을 정도로 가깝게 다가선 여인을 비로소 정면으로 바라본 교주는 그녀가 꽤나 예쁘다고 생각했다.

그래 놓고서는 피식 웃었다.

'미친놈!'

자신의 엉뚱한 생각에 고개를 내젓는 교주의 모습에 오해한 여인이 다급히 말했다.

"정말이에요. 검총을 열 수 있다니까요! 그게 검조의 검총인지는 나도 확실히 몰라요. 하지만 수많은 신공절학과 명검들이 잠들어 있다는 것은 분명한 사실이죠. 오죽하면 검총이 멸문의 위기에 빠진 해남검문을 살릴 것이란 전설이 대대로 내려오고 있겠어요!"

교주가 자신을 버리고 그냥 떠나갈까 봐 다급히 떠들어 댄 그녀의 말에 교주가 관심을 보였다.

"신공절학과 명검이라……."

"그래요. 전대 도주의 안내로 한번 가본 저도 눈이 부실 정도의 명검들이었죠."

교주 정도의 경지에 도달하면 검의 좋고 나쁨은 큰 차

이가 없다.

그럼에도 교주가 관심을 보이는 것은 명교의 무인들에게 좋은 검을 하사할 수도 있겠다는 생각이 들었기 때문이다.

좋은 검과, 뛰어난 비급을 하사하는 교주.

모양 좋지 아니한가 말이다.

무얼 상상하는지 흐뭇하게 미소 지은 교주의 고개가 끄덕여졌다.

"좋아. 하지만 약속이 어겨지면 여기 붙들려 있던 것이 행복하게 느껴지도록 만들어 준다."

"걱정하지 말아요. 약속은 지킬 테니까."

여인의 약조에 결국 그녀를 들쳐 업은 교주의 신형이 모혼각을 빠져나갔다.

그렇게 모혼각을 빠져나온 교주가 등 뒤에 업혀 있는 모혼도주란 여인에게 물었다.

"혹시 붉은 무복의 여자가 갇혀 있다는 소리를 들어본 적은 없나?"

"붉은 무복의 여인인지는 모르겠지만 군도패주가 손도 대지 않으면서 가둬 둔 여자가 있다는 소리는 들은 적이 있어요."

"어디지. 그 여자가 갇혀 있다는 곳이?"

"외원에 위치한 뇌옥이라고 들었어요. 정확히 어딘지

는 몰라요."

 모혼도주의 답에 그녀를 업은 교주의 신형이 연기처럼 흩어졌다.

 외원으로 이동한 것이다.

* * *

 야율한의 싸움은 교주의 계획과는 전혀 다르게 벌어졌다.

 야율한의 추적을 가로막은 강신인들과 생강시들은 모조리 그의 청안에 영향을 받지 않는 것들뿐이었기 때문이다.

 숫자도 예상외로 빠르게 늘어났다.

 처음엔 수십 단위였던 것이 순식간에 백 단위를 뛰어넘더니 이젠 천 단위에 육박하고 있었기 때문이다.

 그럼에도 부족하다는 듯이 강신인들과 생강시들이 사방에서 쏟아져 나왔다.

 그렇게 쏟아져 나온 강신인들과 생강시들의 덕에 만사겁황은 저만치에 서서 잘려 나간 왼팔을 지혈하는 시간을 벌 수 있었다.

 뿐만 아니다.

 몇몇 강신인들의 생기를 그 자리에서 빨아들여 자신의 등 뒤의 상처를 치료해 내는 신기를 보였다.

그 모습을 바라보는 야율한의 눈매가 차갑게 가라앉았다.

사람이 아닌 이를 괜히 방치했다는 뒤늦은 후회가 들었기 때문이다.

그 후회를 담은 야율한의 검과 도가 허공을 휘저었고, 막대한 검강과 뇌기가 공간을 통째로 가르고, 불태웠다.

수백의 강신인과 생강시가 순식간에 증발하듯 재가 되어 흩어졌다.

하지만 그들이 서 있던 공간은 곧바로 더 많은 강신인과 생강시들로 채워졌다.

그 탓에 만사겁황과 야율한의 거리는 더 벌어졌다.

그렇게 벌어진 거리가 만족스러웠던지 다급했던 만사겁황의 입가로 미소가 깃들었다.

그걸 바라보던 야율한의 눈빛이 사납게 빛나고, 그의 발이 묘한 각도로 틀어졌다.

* * *

해남에서 교주와 야율한이 바쁘게 움직이던 시기, 명교에선 이상한 일들이 벌어지고 있었다.

"무슨 소리야? 수련하던 이들이 사라지다니?"

철마의 물음에 교련전주가 난감한 표정으로 답했다.

"저도 어떻게 된 일인지 모르겠습니다. 매일같이 점호를 하는데 그때마다 숫자가 다릅니다."

"설마 수련하던 놈들이 도망갔다는 소리야?"

"아시겠지만 도주는 불가능합니다."

"그럼 그놈들이 하늘로 솟았겠어, 땅으로 꺼졌겠어. 안 튀었는데 사라질 수가 있냔 말이야?"

"그게 저희들도 난감해서……."

당황으로 얼룩진 교련전주의 답에 철마의 음성이 낮아졌다.

"혹시 주화입마에 든 놈이 생긴 건 아냐? 쥐도 새도 모르게 동료들을……."

뒷말을 흐리며 목을 긋는 시늉을 해 보이는 철마에게 교련전주가 이번에도 고개를 가로저었다.

"저와 교관들도 그걸 의심해서 심도 있게 지켜보았습니다만 수련 받는 이들 속에선 주화입마에 빠진 놈은 발견할 수 없었습니다."

"그 소린 외부에 있을 수도 있다는 뜻인가?"

"가능성은 그것뿐이니까요."

교련전주의 추측이 너무 나갔다는 소리를 할 수는 없었다. 실제로 과거에 그랬던 적이 있었기 때문이다.

주화입마에 빠진 것을 숨긴 고수가 손쉬운 교련전의 수련생들을 사냥하듯 빼내어 자신의 살욕을 채웠던 적이.

그걸 떠올린 철마의 표정이 굳었다.

그런 철마의 표정에서 자신의 말을 믿어 주기 시작했다고 판단한 교련전주가 이 시린 음성을 내뱉었다.

"피해가 더 커지기 전에 반드시 찾아내야 합니다!"

교련전주의 말에 철마도 동의한다.

하지만 그에겐 아무런 권한이 없었다.

교내 인사들 중에서는 가장 무력이 뛰어난 자라지만 그는 아무런 직책도 맞지 않은 무관(無官)의 무인이었으니까.

따라서 장로회의를 소집할 권한도, 다른 명교의 무인들을 동원할 권리도 없었다.

그걸 철마가 거론하자 교련전주가 난감한 표정을 지었다.

"하면 누굴 찾아가면 될까요?"

교련전주의 갈등을 안다.

명교의 모두가 이 형을 경원시 한다.

왜 아닐까.

명교의 태양이라는 교주를 꺾은 자였고, 명교 무인의 자존심이라는 부교주마저 어쩌지 못하는 괴물이었다.

심지어 교주와 부교주의 합공에도 우위를 점했다는 사람이다.

강자지존을 외치는 명교였지만 그 두 가지만으로도 명교 무인들의 미움과 따돌림을 받기에 충분했던 것이다.

하긴 명교 내부인이었을 지라도 극복하기 어려운 일인데 이 형은 외부인이었다.
 물론 지금은 공식적으로도 명교의 무인으로 인정받고 있다지만 그 출신이 어디 가는 것은 아니었으니까.
 그런 사람이 수석장로의 자리에 앉아 있었다.
 교련전주를 비롯해 누구도 이 형을 찾아가지 못하는 이유였다.
 하지만 이번 일은 그의 도움이 없이는 해결할 수 없다는 것을 철마도 인정해야만 했다.
 결국 주인이 자리를 비운 교주전에 여전히 머물고 있던 이 형을 찾아 철마가 움직였다.
 그런 철마의 뒤를 교련전주가 무거운 표정으로 따랐다.

 갑자기 찾아온 철마에게서 전후 사정 이야기를 모두 들은 이 형이 교련전주에게 물었다.
 "가능성 있는 이가 있소?"
 한마디로 의심스러운 놈이 있느냐는 물음이다.
 그 물음에 교련전주가 조심스럽게 답했다.
 "경험적으로 이런 일은 적군의 무인들 속에서 나옵니다."
 "적군이라면 역대 교주들의 손에 꺾여 강제로 복속당한 마인들의 후손이 아니오."
 "맞습니다. 지난 금마공 사건 때 부교주님 덕에 악습을 벗고, 정상적인 수련방법을 찾은 파벌들이 많죠."

"그런데도 의심을 하는 덴 나름의 이유가 있겠소만?"

이 형의 물음에 교련전주가 답했다.

"여전히 부작용이 많으니까요. 개중엔 폭주해서 적군 파벌들 스스로 정리한 이들도 적지 않습니다."

스스로 정리했다는 말뜻은 내부적으로 죽여 살마가 출현하는 것을 막았다는 뜻이다.

그걸 알아들은 이 형의 눈빛이 어두워졌다.

"위험이 여전히 상존한다는 뜻이구려."

"예. 그렇기에 적군 중 누군가가 주화입마에 빠진 것을 숨기며 살욕을 채우고 있다고 판단됩니다."

교련전주의 답에 이 형이 물었다.

"내가 어떻게 해 주면 되겠소?"

"수석장로령을 발동해서 적군을 모조리 모아 주십시오. 그 상태에서 장로회가 나선다면 반드시 주화입마에 든 자를 찾아낼 수 있을 겁니다."

교련전주의 답에 이 형이 철마를 돌아봤다.

그 시선에 철마가 나섰다.

"가능성이 있습니다. 이전에도 그렇게 잡은 전례도 있으니까요."

철마의 동의에 이 형의 고개가 끄덕여졌다.

"좋소. 그거 어떻게 하면 발동되는 거요?"

"수석장로령 말씀입니까?"

"그렇소."

"수석장로가 되시면서 받은 명패가 있을 겁니다. 적군 무인들을 전원 소집한다는 명령서를 작성하셔서 그곳에 수인과 그 명패를 함께 찍어 군사에게 주시면 발동됩니다."

"알겠소. 곧바로 명령서를 써서 군사에게 건네주겠소."

이 형의 답에 철마가 고개를 끄덕였다.

"하면 저는 장로들에게 미리 귀띔해서 공식적으로 발동되면 즉시 소집될 수 있도록 해 놓겠습니다."

"그럽시다."

이 형의 답에 가볍게 고개를 숙여 보인 철마와 교련전주가 물러갔다.

그러자 이 형의 중얼거림이 새어 나왔다.

"이게 잘하는 짓인지 모르겠군."

주인이 없는 집에서 객이 주인 노릇을 하는 것 같은 기분이 들었기 때문이다.

한 식구라는 말에 들떴던 이 형의 기분이 단박에 내려앉았다.

스스로가 여전히 자신을 외부인으로 자각하고 있다는 것에 당황한 탓이었다.

이 형에게서 전달된 적군 소집령을 받아든 군사는 명교

의 규칙대로 재빨리 움직였다.

교주와 부교주가 정식으로 인정한 수석장로의 명령이 발동된 것이었기 때문이다.

이내 확대되어 있던 군사부의 문사들이 즉각적으로 수백 통의 명령서를 작성하여 적군 소속 파벌의 수장들과 중요 무인들에게 일괄 발송했다.

명교가 소란스럽게 들끓어 올랐다.

소집자가 외부출신인 수석장로였기 때문이다.

자신들 스스로도 외부인 출신들이라는 막연한 자격지심을 가지고 있던 적군 무인들로서는 그것에 기분이 좋지 않았다.

뭐랄까, 한마디로 뒤늦게 굴러들어온 돌이 설치는 느낌이었달까?

오죽하면 거부하자는 소리가 나올 정도였다.

하지만 적군 소속 파벌의 수장들이 한목소리로 그 주장에 경고를 하고 나섰다.

"교주와 부교주께서 공식적으로 인정한 수석장로시다. 항명은 두 분의 명을 어기는 것과 같다!"

수장들의 그 말에 거부하자는 소리는 쏙 들어갔다.

물론 반발 기류를 완벽히 잠재우지는 못했지만.

그렇게 소란스러운 가운데 수석장로가 지정한 시간이 다가오고, 적군 소속 무인들이 한자리로 모여들었다.

장소는 적군 소속 무인 모두가 한자리에 모일 수 있을 정도의 대형 연무장이 위치한 이단이었다.

많은 대연무장과 하급 무사들의 생활관이 즐비하게 들어선 넓은 분지에 적군 소속 무인이 잔뜩 모여들었다.

각각의 파벌별로 줄을 지어 모인 이들의 앞으로 장로들이 나서고, 종래엔 이번 집결령의 당사자이자 수석장로인 이 형이 모습을 드러냈다.

새카맣게 모여 있는 적군 소속 무인들을 일별한 이 형이 철마를 향해 고개를 끄덕였다.

수색을 시작하라는 신호에 철마는 마화에게 눈짓을 주었다.

다시 청해에 나가 있는 탓에 참석할 수 없었던 독마를 대신해 마화가 장로들을 이끌었다.

직전의 수석장로였던 파극이 독마가 차지하고 있던 일장로의 자리로 내려올 수도 있었지만 그는 장로 자리를 거부했다.

그보다는 수련에 더 집중하고 싶다는 뜻을 전한 것이다.

그걸 교주가 받아들이면서 독마는 여전히 일장로의 자리를 지키고 있었다.

따라서 이번 장로회의 움직임을 일장로인 독마가 지휘해야 했다.

하지만 그가 자리를 비운 까닭에 이 장로의 자리를 차

지하고 있던 마화가 지휘를 맡은 것이다.

그렇게 마화가 이끄는 장로들이 적군 무인들 사이를 누비며 날카로운 눈으로 살피자 대번에 이번 집결의 목적을 짐작해 내는 이들이 속출했다.

자신들이 의심을 받고 있다는 걸 알아차린 적군 무인들의 분노가 커졌다.

부교주가 나서서 자신들의 수련방법을 교정해 준 후에 그나마 따돌림이 줄어들었다고 생각했던 적군 무인들은 과거의 배척이 생생하게 떠올랐던 것이다.

'그렇게 노력하고 있음에도 여전히 인정하지 못하겠단 뜻인가!'

오해였지만 그 오해를 알아보고 바로잡아 줄 사람이 아쉽게도 지금의 명교엔 아무도 없었다.

이 형이 적군 무인들 속에서 피어나는 분노를 알아차렸지만 의심받는데 기분 좋을 사람이 누가 있을까 싶어 무시했던 것이다.

그 외엔 모두가 '적군 놈들이 원래 거칠지 뭐'라며 무시했다.

심지어 철마와 파극조차 그러했다.

아예 그런 군중심리를 읽지 못하는 화경 이하의 무인들은 그저 멸시의 눈빛으로 적군 소속 무인들을 바라볼 뿐이었고.

분란의 씨앗 〈241〉

'저놈들이 또 사고 쳤다면서'라는 생각들이었으니까.

그런 오해가 발생했을지라도 철마나 교련전주의 의심처럼 적군 무인들 속에서 주화입마에 빠진 사람을 찾아냈다면 해결되었을지도 모른다.

실제로 범인을 찾아낸 것이니까.

괜한 오해도, 막연한 멸시에 의한 배척도 아니었다는 것이 증명되는 셈이었으니까 말이다.

하지만 불행히도 장로회는 적군 무인들 속에서 주화입마에 빠진 자를 찾아내는 것에 실패했다.

오죽했으면 당황한 장로들이 적군 무인 중 오지 않은 이들이 있는지 일일이 확인했을 정도였다.

그 결과는 꽤나 충격적이었다.

"빠진 자는 없습니다."

자신에게 침중한 표정으로 보고하는 철마에게 이 형이 물었다.

"하면 저들 속에는 없다는 뜻이구려."

"예. 그런 듯합니다."

난감해 하는 철마의 답에 이 형의 시선이 철마만큼 당황한 표정으로 서 있는 교련전주에게로 향했다.

"하면 이제 어찌해 볼 생각이오?"

"수색을 확대해 볼 수밖에는……."

다시 말해 적군만이 아니라 명군과 마군, 종래엔 모든

명교 무인으로 수색을 확대해야 한다는 뜻이었다.

긴 시간이 소요되고, 어려운 일이 될 것이 뻔했지만 오랜 시간 명교에 몸을 담아온 이들이 그렇다는데 이제 명교에 가입한 지 얼마 안 되는 이 형이 달리 반론을 제기할 수는 없었다.

"그럼 그렇게 하시구려. 혹시 이번에도 수석장로령이 필요한 거요?"

"예. 부탁드리겠습니다."

고개를 깊숙이 숙이는 교련전주의 답에 이 형이 고개를 끄덕였다.

"그럼, 그렇게 합시다."

순순한 이 형의 말에 교련전주의 고개가 조금 더 깊게 숙여졌다.

그나마 쓸데없는 고집을 피우지 않아 고마웠던 까닭이었다.

이후 길고 복잡한 수색작업이 명교 전반에서 벌어지고 있었다.

* * *

외원으로 물러 나온 교주는 몇몇 해남검문의 무인을 잡아다가 고문하는 방법으로 뇌옥의 위치를 알아냈다.

잠깐의 갈등도 없이 과단하게 손을 쓰는 교주의 행동에 모혼도주는 꽤나 놀란 표정이었다.

하긴 잡혀 온 세 명의 해남검문 무인들은 하나같이 사람구실을 계속 할 수 있을지 의문이 들 정도로 심각하게 망가졌으니까.

그렇게 과감하게 손을 쓴 결과 얻어 낸 정보들을 토대로 찾아낸 뇌옥은 꽤나 외곽에, 상당히 처참한 상태로 방치되어 있었다.

입구를 지키는 무인들이 아니었다면 그냥 버려진 건물이라 믿었을 정도였다.

관리가 그렇게 안 되고 있으니 내부의 상태도 엉망일 수밖에 없었다.

문을 열고 지하로 내려온 뇌옥은 온통 오물 냄새로 가득했다.

모혼도주가 코를 막은 손을 좀처럼 떼지 못할 지경이었으니까.

그렇게 오물들과 그 속에 기생하는 벌레들로 우글거리는 뇌옥들 속에 뇌옥의 상태만큼이나 엉망진창인 죄수들이 띄엄띄엄 갇혀 있었다.

그들을 살피며 천천히 걷던 교주의 걸음이 우뚝 멈춰졌다.

* * *

온통 오물과 벌레로 가득한 감방 안, 한 여자가 앉아 있었다.

피와 때로 더럽혀진 옷가지 위로 벌레가 기어 다니고 있음에도 가부좌를 틀고 앉아, 눈을 감고 있는 여인은 마치 그대로 굳은 듯 미동조차 없었다.

긴 머리카락이 산발되어 온 얼굴을 가리고 있었음에도 교주는 한눈에 그녀를 알아볼 수 있었다.

"서연!"

교주의 부름에 여인이 천천히 눈을 떴다.

바르르.

흔들리던 눈동자가 천천히 바로 섰다.

"오랜만이군요."

"그래. 오랜만이네. 그나저나 앉아 있기 좋아 보이진 않는데, 나오지 않겠어?"

"그냥 두는 게 당신한텐 나을 텐데요."

그녀는 야율한의 정혼자를 납치했던 이들의 일원이었다. 당장 구해 나가면 그 뒷일들이 문제가 될 것이다.

뿐만 아니다.

그로 인해 야율한의 손에 천외천회가 피바다가 되었으

니 불구대천의 원수인 셈이다.

 가해자와 피해자, 복수, 그런 걸 다 떠나서 서로가 양립할 수 없는 사이인 것이다.

 그걸 함축적으로 표현하는 서연, 달리 막후라 불리는 여인의 말에 교주가 어깨를 으쓱여 보였다.

 "일단은 나오고, 다른 건 나중에 생각해 보자."

 "당신은 항상 그게 문제죠. 지금 결정할 걸 뒤로 미루고, 나중엔 그것에 발목 잡혀 머뭇거리고. 여전하군요."

 "말이 여전히 날카로운 걸 보니 다행히 성질은 안 죽었네."

 자신의 말에 눈을 흘기는 막후의 모습에 씨익 웃어 보인 교주가 감방 철창을 잡아 당겼다.

 어린아이 팔뚝만큼 두꺼운 철로 만들어져, 그간 막후는 무슨 수를 써도 꼼짝도 하지 않았던 철창이 힘없이 뜯겨 나갔다.

 그렇게 문이 뜯겨 나간 감방 안으로 교주가 손을 내밀었다.

 그런 교주의 손을 한참 동안 바라보던 막후가 물었다.

 "날 데리고 나가면 천외천회로 갈 거예요. 그게 무얼 뜻하는지 알죠?"

 "알았으니 나오기나 해."

 "약속해요. 당신은 막지도, 잡지도 않겠다고."

"알았다니까."

"당신 사제를 막지도 말고요."

그 말에는 잠시 흠칫 굳었던 교주의 고개가 끄덕여졌다.

"그래."

교주의 답이 있고서야 막후가 자리에서 일어섰다.

교주가 내민 손이 눈앞에 있었지만 막후는 그 손을 지나쳐 감방 밖으로 나왔다.

"아직 혼자 걸을 수 있어요."

"그래. 다행이네."

내밀고 있던 손을 거둬들인 교주의 표정이 씁쓸했다. 그런 교주에게 막후가 말했다.

"계속 이러고 있을 생각은 아니죠?"

"아! 나, 나가야지. 가지."

살짝 당황한 교주가 앞서자 그 뒤를 막후가 따랐다.

오랜 시간 갇혀 있었기 때문인지 걷는 게 편안해 보이지 않았지만 교주는 다시 손을 내밀거나 어깨를 빌려주지 않았다.

그런다고 받아들일 사람이 아니라는 것쯤은 알고 있었기 때문이다.

그렇게 지하 뇌옥에서 나온 교주는 해남검문이 잠에서 깨어났다는 걸 느꼈다.

그리고 그렇게 깨어난 해남검문의 고수들이 모두 달려가고 있는 곳이 야율한이 향했던 방향이라는 것도 깨달았다.

 두말없이 달려가야 했지만 그렇게 되면 막후가 위험해질 게 분명했다.

 그러니 그냥 두고 갈 수는 없었다.

 "점혈을 풀어 줄게, 돌아서 봐."

 교주의 말에 막후의 고개가 저어졌다.

 "내가 알아서 할 테니까 가 봐요. 사람들이 몰려가는 저쪽에 당신의 수하가 있는 모양 같으니까."

 수하가 아니라 사제인 야율한이 있는 곳이었지만 그걸 그대로 말할 수가 없었다.

 교주가 아는 막후의 성격상, 야율한이 함께 구하러 온 줄 알면 절대로 여기서 나갈 사람이 아니었으니까.

 "갈 거야. 하지만 그냥 가진 않아. 얼른 돌아서. 풀어 줄게."

 "됐다니까요!"

 이상하게 신경질적인 막후의 거절에 교주의 표정이 굳었다.

 그리고 지그시 바라보던 교주의 손이 벼락처럼 막후의 손목을 움켜잡았다.

 그렇게 잡힌 손을 빼내려 했지만 내공은 펼칠 수도 없

고, 체력마저 바닥인 그녀가 교주의 손을 뿌리 칠 수는 없었다.

그렇게 잡은 막후의 완맥을 통해 기를 흘려보낸 교주의 눈이 커졌다.

"너!"

당황한 눈으로 바라보는 교주의 시선을 막후가 피했다.

세상에서 점혈 말고, 내력을 제어하는 방법은 폐혈(廢血)뿐이다.

말 그대로 혈을 막는 방법인 이것은 두 가지 종류로 나뉜다.

하나는 단전이나 기맥을 완전히 망가트리는 것이다.

이렇게 되면 다시는 내력을 쓰지 못한다. 뿐만 아니라 지니고 있던 내력도 완전히 또는 대부분 소실된다.

따라서 일정 시간 동안만 폐쇄를 위해서 쓸 수 있는 방법은 아니다.

그래서 이 방법은 대체로 무림의 문파들이 파문당한 제자를 폐출하면서 사용한다.

목숨은 빼앗지 않으면서 사문에서 가르친 내력과 무공을 폐하고, 다시는 무공을 익힐 수 없도록 만들 때 쓰이는 것이다.

나머지 한 방법은 남자에겐 쓸 수 없고, 여자에게만 사용할 수 있는 방법이다.

이것을 고안해 낸 사람은 싸움이 끊이지 않던 진무제 시절의 한 의원이라고 전해진다.

당시 천하의 무림과 전쟁 중이었던 진무제의 여무사를 사랑했던 그 의원은 사랑하는 사람을 전장에서 빼내기 위해 자신이 아는 모든 지식을 동원해 한 가지 방술을 만들어 냈다.

〈임아폐맥술(妊兒廢脈術)〉

이름만으로 대충 눈치를 챈 사람도 있겠지만 사술로 분류된 이 방법은 사랑의 결실이 필요한 일이다.

맞다.

여인의 임신을 이용하기 때문이다.

합방 때부터 시작되는 임아폐맥술로 잉태된 아이는 어미의 단전에서 나가는 기맥을 감고 만들어진다.

약하디약한 태아가 강맹한 힘의 원천인 내력을 견뎌 낼 수 있을 리 만무한 일.

산모가 내력을 돌리면 태아는 그 순간 목숨이 끊어진다.

더 큰 문제는 그렇게 끊어진 태아다. 다 자라서 자연의 섭리에 의해 세상에 나오기 전에 아이를 빼낼 방법이 없다.

태아와 단전에서 나오는 기맥이한 몸처럼 뒤엉켜 있기 때문이다.

뺄 수 없으니 배 안에 담아 두고 있어야 한다는 뜻이다.

다 아는 세상의 이치, 죽은 생명체는 썩는다.

배 안에서 태아의 시신이 썩으면 그걸 담고 있는 산모가 무사할 리 없다.

한마디로 태아를 죽이면 산모도 죽는다.

산모가 살자면 아이가 태어나기 전까지 내력은 단 한 올도 쓰지 못한다는 뜻이다.

그렇게 견뎌 내고 출산을 한 후, 반년이면 이전의 내력을 고스란히 되찾는다.

태어난 아기도 건강하다.

어미의 기맥을 감고 자랐으니 천지간의 기운을 탯줄로 빨아들이며 큰 덕이다.

내력의 금제를 빼면 산모에게도 해가 없고, 아기에겐 득이 되는 방법이다.

애초에 사랑하는 연인에게 해코지할 마음으로 만든 것이 아니라, 전장으로 가지 않게 할 생각으로 만든 술법이었기 때문이다.

그럼에도 사술로 치부된 것은 이 임아폐맥술을 펼치기 위해선 순리를 거스르는 기운, 그러니까 사기(邪氣)가 필요하기 때문이다.

실제로 이 방법을 만들어 낸 의원조차도 이걸 쓰기 위해 사공을 익혔다가 종래엔 그 사공에 휘둘려 폭주했다.

무고한 이들을 죽이는데 혈안이 된 그를 보고만 있을 수 없었던 여인이 결국 내력을 써서 자신의 손으로 사랑하는 남편의 목숨을 취했다.

　그녀는 그것으로 사랑하는 남편과 배 속의 아이는 물론이고, 자신조차 잃어야 했다.

　자신의 손으로 죽여야 했던 남편을 끌어안고, 그로 인해 포기해야만 했던 아이가 든 배에 손을 얹은 채 눈물로 주저앉아 숨이 끊어진 여인의 한이 서린 술법이기도 했다.

　그래서 세상 사람들은 이 술법에 '애루단명술(愛淚斷命術)'이란 별칭을 붙여 두었다.

　별칭에서도 알 수 있듯이 이건 이랬건 저랬건 사랑의 감정을 모태로 탄생한 술법이다.

　그런 술법이 교주가 살펴 본 막후의 몸에서 느껴진 것이다.

　그것에 놀라는 교주에게 막후가 말했다.

　"그러니 두고 가라고 했잖아요!"

　거듭 내치는 소목이 이번엔 힘없이 풀어져 나왔다.

　놀란 교주가 그녀의 손목을 잡고 있던 손에서 힘을 뺀 탓이었다.

　그렇게 빠져나온 손목을 부여잡은 막후가 한걸음 뒤로 물러나 반쯤 돌아섰다.

　"가요! 나머진 내가 알아서 할 테니까."

당황해서 어쩔 줄 몰라 하던 교주의 기감으로 이전과 비교할 수 없이 막대한 기파가 야율한이 향했던 곳으로 몰려가는 것이 잡혔다.

 최소 화경 이상의 기파가 열, 스물, 아니 서른에 가깝다.

 이 정도면 아무리 야율한도 쉽게 상대할 수 없는 숫자였다.

 안타까운 눈으로 반쯤 돌아서 있는 막후를 바라보던 교주가 자신의 허리에서 검을 뽑았다.

 그걸 막후의 손에 쥐어 준 교주가 그녀를 뇌옥 근처의 숲에 억지로 밀어 넣어 숨겼다.

 "일각, 아니 이각만 기다려라! 반드시 돌아온다."

 그 말만 남겨 둔 채 교주가 사람들이 몰려가는 곳을 향해 달려갔다.

 그렇게 멀어지는 교주를 막후가 물기 어린 눈으로 바라봤다.

* * *

 한줄기 빛이 핏빛 무지개를 동반한 채 공간을 갈랐다.

 세상에서 가장 빠른 경공이라는 일섬형이 비틀렸던 야율한의 발치에서 시작된 것이다.

 이십여 장의 공간을 가른 그 빛줄기는 수백에 달하는

생강시와 강신인들을 모조리 꿰뚫고 관통했다.

말만이 아니라 진짜로 관통했다.

누군가는 팔이, 또 누군가는 다리가, 재수 없이 정면으로 맞닥트린 자는 몸통이 날아갔다.

일섬형을 펼친 야율한의 전신을 일원검의 무지막지한 강기가 뒤덮고 있었던 것이다.

마주치는 모든 것이 날아가고, 뜯겨 나갔다.

그렇게 공간을 좁힌 야율한이 이제 손만 뻗으면 놀라 눈을 부릅뜬 만사겁황의 목을 그러쥘 수 있는 거리까지 도달했다.

하지만 그 순간, 야율한의 눈매가 내려앉았다.

그리고······.

날아들던 속도보다 빠르게 야율한의 신형이 뒤로 물려졌다.

그 순간.

쾅! 콰과과과쾅!

자그마치 수십 개의 강기가 방금 전까지 야율한이 서 있던 공간을 강타했다.

미련으로 그곳에 버티고 서있었다면 아무리 야율한일지라도 절대로 무사할 수 없는 공격이 쏟아진 것이다.

자욱하게 일어났던 먼지가 가라앉고 드러난 정경에 야율한의 눈빛이 차갑게 식었다.

어느새 다시금 만사겁황의 전면을 메우며 들어선 이들의 모습이 시선에 들어왔기 때문이다.

숫자는 서른 남짓.

움직임으로 봐서는 생강시는 아니고 모조리 강신인들이다.

그 많은 이의 검에 하나같이 짙은 강기가 어려 있었다. 초절정이 흉내 내는 정도가 아닌 진짜 강기들이었다.

그러니 모두가 화경 이상이란 뜻이었다.

더구나 개중엔 현경이 확실한 기세를 풍기는 이들도 적지 않게 눈에 띄었다.

그들이 모조리 야율한의 청안에 영향을 받지 않은 채 만사겁황을 보호하듯 그를 등 뒤로 두고 있었다.

저런 이들을 상대하는 방법은 간단하다.

치고 빠지기를 반복하면 되니까.

일대일은 식은 죽 먹기, 다대일도 갇히지만 않으면 당하지 않을 자신이 있었다.

문제는 자신이 여기서 치고 빠졌을 때, 저들이 모두 자신을 따라 나설 것이냐는 점이었다.

만약 일부라도 교주를 찾아 움직인다면?

또 다른 문제 하나.

교주에겐 청안이 없다.

그렇기에 어쩌면 지금쯤 교주를 찾아, 청안에 영향을

받는 화경이나 현경에 달한 강신인들이 움직이고 있을 수도 있다.

그들과 저들의 일부 사이게 끼어 교주가 갇힌다면!

그 결과가 어떨지 너무나 잘 알기에 야율한은 이곳을 벗어나 도주할 수 없었다.

'사형. 아무래도 약속은 못 지킬 모양입니다.'

이를 악문 야율한의 자세가 낮아지고, 검과 도가 천천히 하늘을 향했다.

'하나라도 더 잡는다.'

그래야 사형에겐 기회가 생길 테니까.

낮아지는 자세 속에서 야율한의 눈빛이 사납게 빛나고 있었다.

60장
내 집을 지켜다오!

내 집을 지켜다오!

일월검의 초식 중 가장 강력한 최후절초는 만파식월(萬波飾月)이다.

달빛이 끝없이 밀려오는 파도처럼 퍼져 나간다는 뜻을 가진 이 초식은 강기의 파도로 이루어진다.

첫 강기의 파도는 검에서 시작되고, 뒤잇는 파도는 도에서 비롯된다. 그리고 그 뒤를 잇는 파도는 다시 검에서, 그 다음엔 또다시 도에서.

이것이 적을 완벽하게 파괴할 때까지 무한히 반복되는 것.

그것이 만파식월이다.

가로막는 무엇이든 모조리 갈아 버리는 이 강기의 파도로 이루어진 막강한 초식은 역사에 기록된 적도 없다.

천마가 등선하기 직전의 깨달음을 기록했다고 알려진 마벽 오절에 들어 있기 때문이다.

천마조차 만들었을 뿐, 강호에서 사용해 본 적이 없다는 뜻이다.

일월검은 그 마벽 오절 중에서도 정화다.

그래서인지 일월검의 최후절초인 만파식월엔 천마가 하늘 아래 가장 강력한 초식이란 주석까지 별도로 달아 놓았을 정도다.

그 말이 허언이 아니라는 것을 증명이라도 하듯, 그간 야율한과 교주조차 완벽하게 익히지 못했다.

교주는 아예 입문도 하지 못했고, 야율한의 경우엔 몇 번 연습 삼아 시도는 해 보았지만 그의 지금 능력으로는 두 개의 파도를 만드는 것이 한계였다.

그렇게 미완의 무공을 꺼내든 것은 만파식월의 특징 때문이다.

만파식월은 깨달음의 무공이 아니라 의지의 무공이었다.

인간의 한계를 몇 배는 가뿐히 뛰어넘는 의지가 필요했던 것이다.

그걸 알면서도 꺼내들었다.

한번 죽어본 사람으로서, 사람이 가장 강력한 의지를 뿜어낼 때가 죽을 상황에 처했을 때라는 걸 야율한은 알기 때문이다.

그런 야율한의 기세가 두려웠는지 지켜보던 만사겁황이 소리쳤다.

"쳐라!"

그 고함을 신호 삼아 사방팔방에서 검강이 몰아쳐 들어왔다.

눈을 부릅뜬 야율한의 검도 함께 움직이기 시작했다.

첫 파도는 만중(慢重)이다. 느림에 무거움을 싣는다.

완만한 검강의 파도는 베고, 자르는 힘이 아니라 뭉개고 부수는 힘을 품었다.

세상 어느 것보다 날카롭다는 검강이 그렇게 무거움을 담고 밀어닥쳤다.

투두두둑!

검강과 검강이 만나서는 절대로 날 수 없는 소리들이 흘러나오며 서른 강신인이 뿌린 검강이 힘없이 튕겨 나왔다.

놀라는 이들의 사이에서 화경이나 현경에 이르지 못한 강신인들이 비수와 비도, 화살을 날려 돕고자 나섰다.

다가갈 수 없다면 멀리서라도 공격을 해 보겠다는 의지다.

그런 이들의 도움에 힘을 얻었던지, 화경 이상의 강신인들이 다시금 검강을 날렸다.

그런 이들의 공격을 맞아 야율한의 도가 움직였다.

만파식월이 만들어 내는 두 번째 강기의 파도가 세상에 모습을 드러내는 순간이었다.

도로 시작되는 파도는 밀치는 파도다. 파도가 바다에 떠 있는 모든 것을 밀어내듯 공간에 존재하는 모든 것을 밀어내는 검강의 파도인 셈이다.

여기저기서 날려 보낸 비수와 비도, 검강들이 그 두 번째 파도에 밀려 속절없이 되돌아왔다.

문제는 되돌아오는 속도였다.

날아가던 속도가 일이라면 되돌아오는 속도는 이나 삼이다.

퍼벅!

자신이 날려 보낸 비도에 가슴이 뚫린 이가 믿기지 않는 표정으로 무너져 내렸다.

간신이 자신이 쏘아 낸 화살을 피해 내고, 놀란 마음을 추스르던 궁수는 뒤이어 튕겨 날아온 아군의 검강에 맞아 목이 날아갔다.

자신이 피한 검강에 뒤에 서 있던 동료 무인의 목이 날아가는 것을 발견한 강신인의 표정이 굳었다.

세상이 다 알듯이 검강을 형성한 것은 기운이다.

유형의 형체를 갖췄다지만 밀려나거나 튕겨질 수 없는 형질의 것이란 소리다.

한데 두 번이나 그러한 검강이 튕겨 나왔다.

놀랍고 당황한 이들에게 세 번째 파도가 밀려 들어왔다.

세 번째 파도는 잡아끄는 힘이다. 파도가 해변의 것을 잡아끌어 바다로 끌고 나가는 것과 같은 이치다.

그것을 모르고 이전처럼 튕겨나거나 밀쳐 내는 것만 의식하며 버티던 강신인들이 일제히 세 번째 파도의 여파로 주르륵 끌려 나왔다.

이렇게 맥없이, 그것도 한둘도 아니고 서른에 가까운 초고수들이 한꺼번에 끌려 나간 것은 힘의 방향이 같았기 때문이다.

뒤로 밀쳐 내고, 튕겨 내는 것에 대항하기 위해 모조리 돋움 발을 한 채 앞쪽으로 힘을 주고 있었던 것이다.

한데 정작 이번에 도달한 검강의 파도가 확 그렇게 앞쪽으로 끌어당겼으니…….

화경 이상의 초고수 서른이 맥없이 끌려 나온 것도 무리는 아니었던 것이다.

물론 긴 거리는 아니었다.

화경이나 현경이 괜히 신의 영역에 도달했다고 말하는 것은 아니니까.

하지만 그 짧은 거리가 최악의 상황을 마주케 했다.

야율한의 네 번째 파도는 월파(越波)였기 때문이다.

파도가 파도를 넘는 것.

그 월파가 세 번째 파도에 바짝 붙어 밀어닥쳤던 것이다.

주르륵 끌려 나온 이들의 코앞에 네 번째 강기의 파도가 들이닥친 것이다.

더구나 이번 파도엔 이전과 달리 뇌기가 서렸다.

쫘르르르륵.

도주할 시간적 여유도, 물러설 공간도 허락하지 않은 채, 서른을 덮친 뇌기의 파도가 닿는 모든 것을 튀겨 버렸다.

쫘르르르륵.

사람이 생자로 튀겨져 연기를 뿜어내는 모습은 장관 이전에 공포였고, 악몽이었다.

뇌기에 자신의 의지와 상관없이 펄떡이며, 부들부들 떨던 이들이 무더기로 무너졌다.

끌려 나갔던 화경과 현경에 이른 서른의 강신인들 중 단 하나도 살아남지 못했다.

그 믿겨지지 않는 신기를 보여 준 야율한의 입에서…….

"쿨럭!"

대량의 피가 토해지고, 휘청거린 야율한의 무릎이 꺾였다.

네 번째 파도는 완벽하지 않았다.

검보에도 없는 뇌기가 튀어나온 것은 그렇게 완벽하지 않은 네 번째 파도를 억지로 만들어 내기 위해서 야율한이 강제로 불어넣은 것이었다.

하늘 아래 가장 강하다는 만파식월에, 천지간에 가장 파괴적인 힘이라 불리는 뇌기를 강제로 불어넣은 결과는 참혹했다.

통제를 벗어나 마음대로 날뛰며 뒤엉킨 기운들로 야율한의 내부가 엉망이 되어 버렸던 것이다.

아득하게 멀어지는 시야로 야율한은 지금 시점에서 가장 반가운 이의 얼굴을 보았다.

그래서였을까, 의식을 잃고 뒤로 넘어가는 와중에도 야율한의 입가로 희미한 미소가 어려 있었다.

쏴아악!

갑자기 밀어닥친 광풍이 후방에서 전방까지 모든 것을 휩쓸었다.

그것도 모자라 그렇게 모든 것을 휩쓸고 지나간 반월강기가 건너편 담장 몇 개를 부수고 나아가다 폭발했다.

콰광!

극상의 반월수라참으로 길을 연 교주가 쓰러진 야율한을 등지고 그 앞에 섰다.

마치 누구도 자신의 사제에게 다가갈 수 없다는 듯이.

도를 뽑아들고 노려보는 교주의 뒤편으로 마치 마신의 그것과 같은 검은 날개가 펼쳐졌다.

교주의 몸에서 극상의 건곤대나이가 펼쳐지고 있다는 뜻이었다.

뭉클거리며 쏟아지는 마기가 교주의 주변을 온통 물들였다.

얼마나 많은 마기가 뿜어져 나오는지 앞서 나가 있던 강신인들과 생강시들 중 일부가 그렇게 번져 나오는 마기에 닿았다.

한데…….

마기에 닿은 이들이 갑자기 경기를 하듯 바르르 떠는 것이 아닌가!

온전히 닿은 이들은 물론이고, 슬쩍 발치만 닿은 이들도 마찬가지였다.

그 모습에 사고가 가능한 강신인들이 놀라 우르르 물러났다.

하지만 명령에만 반응하여 움직이는 생강시들은 그대로 서 있을 따름이었다.

그랬기에 대량의 생강시들이 동시에 교주의 마기에 닿아 바들바들 떨기 시작했다.

이게 무슨 상황인지 몰라 당황한 만사겁황의 귀로 마기에 슬쩍 닿았다 간신히 빠져나온 한 강신인의 고함 소리가 들려왔다.

"흡정이다! 마기에 닿지 마라!"

그 외침에 놀란 이들이 거리를 벌리느라 다시금 우르르 물러났다.

그제야 만사겁황의 뇌리로 하나의 무공이 떠올랐다.

"건곤대나이!"

지상에 천마가 남겨 두었다는 빌어먹을 무공.

그랬다.

만사겁황이 떠올린 대로 교주의 주변으로 야금야금 번져나가는 마기는 건곤대나이의 공능이 발휘되는 마기였다.

그로 인해 그 마기와 닿는 순간, 무섭도록 빠르게 내기가 빨려 나가는 것이다.

만사겁황의 이 시린 외침에서 상황을 알아차린 강신인들이 조금 더 물러났다.

생강시들도 만사겁황의 명령으로 뒤로 물러섰다.

그렇게 더는 기운을 빼앗을 대상이 없기 때문일까?

교주의 등 뒤에 쓰러져 있던 야율한의 전신을 교주의 마기가 뒤덮는 것이 아닌가.

그 모습을 바라보며 교주가 야율한의 남은 내기마저 빼앗아 죽이려는 것일까 싶어 지켜보던 만사겁황의 표정이 굳었다.

강신인들과 생강시에게서 뺏어 낸 기운들이 무서운 속도로 교주에게로 빨려 들어갔다가, 다시 야율한에게로 쏟아져 들어가는 것을 느낀 것이다.

이건 마치 교주의 마기라는 그물에 걸린 먹잇감에서 잡다한 기운을 빼내 교주가 정제한 후, 쓰러진 야율한에게 순수한 내력으로 전해 주는 모양새였다.

그걸 알아차린 만사겁황의 명령이 떨어졌다.

"막아! 저놈이 살예진천황을 깨우는 중이다. 무슨 수를 써서라도 막아!"

만사겁황의 명이 떨어졌다.

사고가 가능해서 두려움을 느끼는 강신인들은 머뭇거렸지만 그런 것이 없는 생강시들은 일제히 달려들었다.

아직도 이천이 넘게 남아 있던 생강시들이 그렇게 교주 하나를 목표로 쏟아졌다.

아무리 강력한 고수도 한자리에 머물며 저 많은 수의 생강시를 상대할 수는 없다.

목표물이 고착화 되어 있다는 것은 공격자에겐 수많은 가능성이 열리는 것이고, 방어자에겐 수많은 가능성이 닫히는 일이었으니까.

그러니 교주는 선택을 해야 한다.

야율한을 두고 도망가든지, 아니면 그곳에 버티고 서서 함께 죽던지.

희미한 미소를 머금은 채, 멀리서 지켜보던 만사겁황의 눈이 커졌다.

 교주의 몸을 중심으로 갑자기 기세가 폭발적으로 증가하는 것을 느낀 것이다.

 아무래도 무언가 사달이 벌어질 것 같다는 것을 직감한 만사겁황이 외쳤다.

 "머, 멈춰! 도, 돌아와!"

 만사겁황의 그 고함과 교주의 몸에서 시커먼 기운이 폭발한 것은 거의 동시였다.

 푸확!

 진짜 그런 소리가 들린 것 같았다.

 교주에게서 공기를 두드릴 정도로 대량의 마기가, 그것도 엄청나게 빠른 속도로 뿜어져 나왔던 것이다.

 마치 교주의 주변 전체가 순식간에 마기로 뒤덮인 형국이었다.

 만사겁황의 명령에 막 멈춰 서던 생강시들은 그렇게 빠르게 확산한 마기에 갇혀 버린 꼴이 되었다.

 그리고 그 결과는 상상을 불허했다.

 바르르, 부들부들.

 그물에 걸린 물고기들이 파닥 거리듯 바들바들 떠는 생강시들에게서 어마어마한 기운이 교주에게로 빨려들어갔다.

그리고 그 엄청난 기운들은 교주를 통해 곧바로 야율한에게 다시 전해졌다.

그걸 바라보는 만사겁황은 발만 동동 굴렀다.

이 끝에 야율한이 깨어나면 어떤 결과가 벌어질지 만사겁황은 누구보다 잘 알고 있었다.

하지만 그걸 막고자 교주에게 달려들면 마른 나무토막처럼 바짝 말라 쓰러진 일부 생강시들처럼 내력을 빼앗긴다.

그랬다. 처음 교주의 마기에 걸렸던 생강시들은 모든 기운을 빼앗긴 채, 바짝 마른 나무토막처럼 말라 부서져 나가고 있었던 것이다.

막자니 적에게 기운을 더해 주는 꼴이고, 그냥 기다리자니 참담한 결과가 나올 게 뻔했다.

한마디로 빼도 박도 못하는 외통수에 걸린 셈이었다.

그 난감한 상황에 어쩔 줄 몰라 하는 만사겁황의 곁으로 제 문사가 다가섰다.

"물러나야 합니다."

"물러나, 어디로?"

"밖으로요."

제 문사의 그 짧은 답이 해남검문 밖을 뜻하는 것이 아님을 만사겁황이 알아차렸다.

"이 모든 걸 버리고 도망가자고?"

당황한 표정으로 묻는 만사겁황에게 제 문사가 재빨리 말했다.

"이곳으로 오면서 아직 이쪽으로 오지 않은 강신인들과 해남검문의 무인들에게 명을 내렸습니다. 모조리 배를 타고 산동으로 나가라고요."

"산동?"

"예. 산동에는 해남검문의 세력이 영역을 구축하고 있으니까요."

"저놈들도 그걸 알지. 대번에 그곳으로 올걸!"

"그렇겠지만 곧바로는 아닐 겁니다. 저들도 정리하고, 정비할 시간이 필요할 테니까요."

"그럼……?"

"우린 그 시간이면 충분합니다."

답을 하는 제 문사의 눈빛에서 무언가 계획이 마련되어 있음을 눈치 챈 만사겁황이 고개를 끄덕였다.

"좋아. 가지."

자신의 계획에 동의하자마자 주변의 강신인들과 생강시를 부르려는 만사겁황을 제 문사가 제지했다.

"오히려 달려들게 하십시오."

"뭐! 아니, 아깝게 왜?"

"뽑아내는 기운이 많으면 많을수록, 그걸 수습해야 하는 교주와 살예진천황은 더 많은 시간이 필요할 테니까요."

길지 않은 그 말에서 제 문사의 의도를 읽어 낸 만사겁황의 입가로 잔인한 미소가 깃들고.

"모두 달려들어 놈을 죽여라!"

만사겁황의 명령에도 강신인들은 머뭇거렸다.

두려웠기 때문이다. 하긴 달려든 모든 생강시가 교주의 마기에 걸려 내력을 빼앗기며 바들거리고 있었으니까.

그런 강신인들을 노려본 만사겁황의 주변으로 사기가 뭉클 쏟아져나왔다.

"천지 사기의 주인으로 명한다! 가라! 가서 놈을 죽여라!"

마치 지저에서 울려 나오는 듯 쏟아진 만사겁황의 이번 명령엔 그의 사기가 실려 있었다.

아무리 사고가 가능한 강신인일지라도 자신들을 현세로 불러내어 되살린 만사겁황의 사기엔 저항할 수 없었다.

"와아아아!"

억지로라도 두려움을 이겨 내려는 듯 고함을 지른 강신인들 수천이 그렇게 교주를 향해 달려들었다.

그런 이들을 남겨 두고 만사겁황과 제 문사는 미련 없이 등을 돌렸다.

그렇게 멀어져 가는 두 사람의 등 뒤에는 수천의 강신인과 생강시들이 교주의 마기에 걸린 물고기 신세가 되어 파닥거리고 있었다.

* * *

제 문사, 그러니까 제갈기연의 예상은 정확하게 들어맞았다.

거의 육천에 달하는 생강시와 강신인들을 마기의 그물로 잡아 둔 채, 내력을 빼앗고 있는 교주는 좋은 상황이 아니었다.

너무 많은 양의 내력이 쏟아져 들어오면서 이미 교주의 한계를 지나쳤기 때문이었다.

오죽하면 빨아들이는 내력 중 절반을 허공 속으로 날려 보내고 있을 정도였다.

그럼에도 이미 교주의 건곤대나이가 처리할 수 있는 정제 수준을 한참이나 넘어 버렸다.

그래서 교주에게서 야율한에게로 쏟아져 들어가는 내력 중 절반이 정제되지 않은 잡다한 내력들이었다.

사실 이 정도면 내력을 빨아들이는 속도를 늦추는 것이 이익이다.

하지만 교주는 그렇게 하지 못했다.

사실 초기엔 교주의 선택이었다. 뒤편에 쓰러져 있는 야율한의 상세가 너무 위급해서 운기요상에 막대한 진기가 필요했기 때문이다.

하지만 후반에는 교주의 선택이 아니었다.

어느 순간부터 야율한에게서 엄청난 흡인력이 발생해 버렸던 것이다.

내력을 빨아들이는 흡인력이니 흡정과 다를 바 없었다.

한마디로 건곤대나이를 넘어서는 흡정이 야율한의 몸에서 일어난 것이다.

이때부터는 교주의 선택과 상관없이 막대한 진기를 빨아들이고, 교주에게서 다시 그 진기를 빼앗아 갔다.

지금 교주는 자신의 본신 진기를 빼앗기지 않기 위해 최선을 다해야 하는 상황에 처해 있었던 것이다.

아까워서가 아니다.

교주의 진기가 빼앗기기 시작하면 건곤대나이는 급속도로 약화될 것이다.

지금 펼쳐지고 있는 건곤대나이의 마기가 교주의 진기로 유지되고 있는 것이었으니까 당연한 이야기다.

그런 상황에서 교주의 진기를 빼앗기면 당연히 건곤대나이의 강도가 낮아지고, 마기의 범위가 지금보다 좁아질 것이다.

그것은 마기에 붙들려 내력을 빨리고 있는 생강시나 강신인들이 풀려남을 의미한다.

그렇게 되면 단지 내력을 빨리고 있는 숙주의 숫자가 줄어든다는 의미 이상의 일이 벌어질 것이다.

도주하거나 공격할 수 있는 적의 숫자가 발생하는 상황이 벌어질 테니까.

그러니 교주는 자신의 진기를 빼앗기지 않기 위해 죽을 노력을 다해야 했던 것이다.

그 상황에서 막대한 양의 내력이 빨려 들어와서 교주를 통해 다시 야율한에게 빨려 들어가고 있었다.

그런 이상 상황 속에서 천천히 야율한이 허공으로 떠오르고 있었다.

그렇게 허공으로 떠오른 야율한은 환청을 듣고 있었다.

〈죽음을 건너 과거에서 온 아이야. 다시 죽음의 강에 발을 담갔으니 비로소 네게 내 힘을 온전히 전한다. 이제 너를 수습해 돌아가 네게 맡겨진 소임을 다하라.〉

언젠가 들었던 음성이 야율한의 뇌리를 파고들고, 전혀 알지 못했던 것들이 이해의 범위 안에 들어오기 시작했다.

희열과 고통이 교차하는 탓에 허공에 뜬 채 바르르 떠는 야율한의 전신에서 이전과는 비교할 수 없을 정도의 흡인력이 발생했다.

고오오오.

교주가 처리할 수 있는 한계를 지나친 탓에 허공으로 날려 보내야 했던 내력들은 교주의 주변 공간에 그대로 남아 있었다.

건곤대나이의 흡인력으로 인해 흩어지지 못하고 주변에 메여 있었던 것이다.

그것들이 가장 먼저 교주를 거치지 않은 채, 야율한의 전신으로 빨려 들어갔다.

막대한 양의 진기가 단숨에 빨려 들어갔음에도 야율한에게서 발생한 흡인력은 약화되지 않았다.

오히려 더 큰 힘으로 모든 것을 잡아당기기 시작했다.

야율한 근처의 나무와 풀들이 급속도로 마르기 시작하더니 부서져 나갔다.

자연체의 기운마저 빨아들이기 시작한 것이다.

그 범위가 점점 넓어져 삼십 여장(약 90M) 이내의 모든 나무와 풀이 동시에 말라 죽는 기사가 벌어졌다.

삼십 여장 이내의 모든 자연체의 진기가 야율한에게로 빨려 들어간 것이다.

그럼에도 야율한의 흡인력은 전혀 줄어들지 않았다.

줄어들기는커녕 오히려 이전보다 더 커진 흡인력으로 모든 것을 잡아당기고 있었던 것이다.

쿵!

허공에서 무언가가 떨어지는 듯한 소리가 울리고.

쿠아아아.

야율한을 중심으로 흡인력이 회오리치기 시작했다.

이내 교주의 마기에 붙들려 있던 이들의 내력이 교주를 건너뛰어 곧바로 야율한에게로 빨려 들어갔다.

양은 둘째 치고, 속도가 상상 이상이었다.

거의 숨 두어 번 내어 쉴 동안에 육천에 달하는 생강시와 강신인들이 내력과 생기를 모조리 빼앗긴 채, 목내이처럼 말라비틀어지다 종래엔 마른 흙처럼 부서져 흩어져 버렸으니까.

놀라운 것은 그 막대한 흡인력에서 의외로 교주는 온전했다는 것이다.

삼십 여장 이내의 모든 것을 완전히 빨아들인 야율한의 흡인력에서 오로지 교주만이 완벽하게 제외되어 있었던 것이다.

그 놀라운 광경에 경악도 잠시, 세상을 모조리 빨아 당길 것만 같던 야율한의 흡인력이 일순간에 사라졌다.

그리고…….

푸확.

야율한의 전신에서 무서운 기세가 퍼져 나오다 순식간에 다시 빨려 들어갔다.

그리고 천천히 허공에서 내려와 바로 선 야율한의 눈이 떠졌다.

붉게 타오르다 천천히 청광으로 물들어 가던 눈의 색깔이 점점 더 진해지더니 종래엔 온통 검게 물들었다.

흰자 하나 없이 온통 검어진 야율한의 눈은 교주조차 섬뜩함을 느낄 정도로 한없이 깊고, 무거웠다.

"괜…… 찮아?"

교주의 물음에 천천히 돌려진 야율한의 시선이 머물고.

"자신보다 인연을 더 소중히 여기는 아이야."

야율한의 입에서 튀어나온 소리였지만 절대로 야율한의 음성이 아닌 그 목소리에 교주의 눈이 커지고, 표정이 굳었다.

"누, 누구냐?"

당황한 속에서도 상대를 찾고자 적의를 불태우는 교주에게 야율한에게서, 야율한이 아닌 이의 음성이 거듭 흘러나왔다.

"네 궁금증을 풀어주기엔 내게 허락된 시간이 짧구나. 자신보다 인연을 더 소중히 여기는 아이야. 보름이니라. 그동안 너는 죽음에서 건너온, 과거의 아이를 무슨 수를 동원해서라도 지켜야 할 것이다. 너를 믿는다."

그 말이 끝나기 무섭게 야율한의 몸이 마치 끈 끊어진 인형처럼 힘없이 무너졌다.

교주가 그렇게 쓰러지는 야율한의 신형을 재빨리 받아 안았다.

교주의 품에 안긴 야율한은 의식이 전혀 없었다. 놀란 교주가 황급히 살피자 숨은 느껴졌지만 그것조차 너무 가늘었다.

놀라 야율한의 가슴에 손을 얹자 심장박동이 느껴졌다.

하지만 그조차도 느리고 한없이 미약했다.

그 막대한 진기를 빨아들인 이라고는 상상할 수 없는 그 상황에 서둘러 운기요상을 시킬 요량으로 명문혈에 손바닥을 대었던 교주는 당황해서 재빨리 손을 떼었다.

무지막지한 반탄력이 야율한의 몸에서 발생했기 때문이다.

다시 말해 진기가 부족해서 벌어진 상황이 아니었던 것이다.

지금 야율한의 체내엔 교주조차 어쩔 수 없을 정도의 막대한 진기가 요동치고 있었으니까.

결국 야율한을 안전한 곳으로 옮기기로 작정한 교주가 움직였다.

처음엔 이대로 명교로 돌아갈 생각이었다.

바다만 건넌다면 아무리 의식이 없는 야율한을 안은 채라고는 해도 천산까지 반나절이면 돌아갈 자신이 있었으니까.

 하지만 그는 얼마 걷지 않아 장거리를 이동할 수 없음을 직감했다.

 이동하는 거리가 길어질수록 야율한의 체내에서 요동치는 막대한 내기의 불안정화가 심화되고 있다는 걸 느꼈기 때문이다.

 상황을 파악하자마자 교주는 가까운 전각으로 들어가 야율한을 눕혔다.

 그렇게 자세가 안정화되자 요동치던 내기가 회전을 시작하더니 야율한의 전신을 타고 무섭게 돌기 시작했다.

 그 힘이 얼마나 사나웠던지 야율한을 눕혀 놓은 침상의 이불들이 순식간에 바스러져 흩어질 정도였다.

 그런 상태에서 외부의 충격이 가해진다면?

 그 뒤에 벌어질 참담한 상황을 직감한 교주가 전각 밖으로 나와 문을 등지고 지켜 섰다.

 그렇게 안정화가 되면서 야율한의 전신을 휘감고 도는 기세도 안정이 이루어졌다.

 문밖에서 그것을 느끼며 안도하는 교주의 뇌리로 잊고 있던 사람이 떠올랐다.

 "아! 서연."

 당황한 표정의 교주가 야율한이 들어 있는 방을 돌아보며 갈등하길 한참, 무엇을 결심했는지 눈을 감은 그가 문

앞에 주저앉아 가부좌를 틀었다.

* * *

막후는 해남검문에서 조금이라도 더 멀리 벗어나기 위해 애를 쓰고 있었다.

교주는 이각을 기다리라 말했지만 그녀는 그럴 생각이 없었다.

자신이 교주의 곁에 남아 있는 것은 온전히 그에게 부담과 아픔이 될 것을 누구보다 그녀 자신이 잘 알고 있었기 때문이다.

그렇기에 교주가 떠나자마자 곧바로 숨어 있던 곳을 박차고 나와 해남검문을 벗어났던 것이다.

다행히 소란이 커서 해남검문의 무인들은 한쪽으로 몰려갈 뿐, 그녀를 막아서는 사람은 아무도 없었다.

그 덕에 해남검문을 무사히 빠져나온 막후는 기억을 더듬어 삼아 포구로 움직였다.

해남의 남부에 위치한 삼아 포구는 해구 포구와 함께 해남 이대 포구로 불리는 곳이다.

해구 포구가 주로 물자와 사람의 이동에 쓰이는 포구라면 삼아 포구는 비교적 큰 대형 어선들이 주로 사용하는 본격적인 어업포구다.

그렇다 보니 해남검문이 펼쳐 둔 감시의 시선이 상대적으로 적다.

 사전에 그걸 알고 있던 막후가 삼아 포구를 선택한 것은 어쩌면 당연한 일이었다.

 문제는 불행히도, 그 삼아 포구로 제 문사의 명령을 받은 해남검문의 무인들과 강신인들이 모여들고 있었다는 점이었다.

 해남이 보유한 거대 상선과 여객선들이 모조리 해구 포구에 몰려 있다는 건 상식이다.

 따라서 제 문사는 만에 하나, 자신의 예상과 달리 교주와 살예진천황이 재빨리 상황을 수습하고, 움직인다면 어디보다 먼저 해구를 찾을 것이 분명하다고 판단했던 것이다.

 따라서 제 문사는 집결 장소로 삼아 포구를 선택했다.

 이유는 바다를 건널 수단을 쉽게 찾을 수 있다는 것 때문이었다.

 삼아 포구엔 꽤 큰 대형 어선들이 빼곡하게 들어차 있었으니까.

 그로 인해 선택된 삼아 포구로 해남검문을 탈출한 강신인과 무인들이 모여들고 있었던 것이다.

 그걸 발견한 막후는 재빨리 삼아 포구를 벗어나려 했다.

하지만 불행은 겹쳐서 온다던가.

"어!"

놀라 바라보는 만사겁황과 마주친 막후의 눈빛이 절망과 분노, 그리고 결심으로 바뀌어 갔다.

그렇게 내려진 결심에 따라 막후가 막 행동하기 직전, 만사겁황의 움직임이 일었다.

풀석.

어느새 수혈을 집힌 막후가 힘없이 무너지는 것을 받아 안은 만사겁황이 웃었다.

"크하하하. 잊고 있었던 소중한 것을 이리 되찾는구나. 아마도 세상의 운은 아직 날 버리지 않은 모양이다. 하하하하."

여인을 안고 박장대소를 터트리는 만사겁황을 많은 해남검문의 무인들이 어두운 시선으로 바라봤다.

수많은 무인이 죽고, 본거지조차 버린 채 도망가는 상황에서 크게 웃는 만사겁황이 좋게 보일 리 없었기 때문이다.

이런 상황이 길어지면 좋지 않은 결과로 이어질 것을 걱정한 제 문사가 재빨리 움직였다.

믿을 만한 수하를 불러 만사겁황의 품에 안겨 있던 막후를 빼내 맡기고, 여전히 크게 웃고 있던 만사겁황을 데리고 서둘러 한 어선에 오른 것이다.

그렇게 어선에 오르는 만사겹황을 따라 해남검문의 무인들과 강신인들도 포구에 묶인 어선들로 나뉘어 탔다.

해남검문 무인들은 기본적으로 항해술을 배운다.

물고기잡이가 생업인 어부나 거대 상선을 움직이는 전문 선원들만은 못해도 어선 정도의 선박을 몰아 뭍으로 나갈 정도는 되었던 것이다.

그런 해남검문 무인들의 손길에 따라 어선들이 모조리 바다로 나가기 시작했다.

자신들의 배가 자신들의 의지와 상관없이 바다로 나가고 있었지만 포구의 어부들은 좀처럼 밖으로 나오지 않았다.

초기에 놀라 뛰쳐나왔던 어부들 십수 명이 단칼에 목이 날아가는 것을 보았기 때문이다.

뿐인가, 이미 삼아 포구에 사는 어부들과 그 가족들의 삼분지 이 이상이 해남검문으로 끌려가 생사를 알 수 없는 상황이었다.

그것에서 오는 공포가 자신들의 밥줄과 다름없는 어선을 빼앗기는 상황에서도 나설 수 없게 만들고 있었던 것이다.

밥줄보다는 생명줄이 더 중요한 법이니까.

그렇게 수만의 해남검문 무인들과 강신인들이 수백 척의 어선에 나눠 타고 해남을 떠났다.

그렇게 해남을 떠나는 어선 들 중 한 척엔 안타깝게도 정신을 잃은 막후도 실려 있었다.

* * *

 이 형이 교주와 야율한을 기다릴 기간으로 사전에 정했던 것은 보름이었다.
 하지만 명교의 상황이 그 시간을 채우지 못하게 변화하고 있었다.
 적군에서 흉수를 찾지 못한 이래, 경비를 강화한 교련전의 조처에도 불구하고 여전히 수련 무인들이 사라지는 현상이 계속되고 있었기 때문이다.
 심지어 수련 무인들을 지키기 위해 나섰던 초절정의 고수까지 함께 당했다.
 죽었는지 살았는지 아예 시체조차 찾지 못했다.
 완벽하게 사라졌기 때문이다.
 이렇게 되면서 시신이라도 찾아 흉수를 찾을 단서를 확인해 보자는 의견이 나왔고, 모든 명교의 무인이 동원되어 대대적인 수색작전이 벌어졌다.
 명교 본성과 산 아랫마을, 그리고 둔전마을과 주변 천산자락을 사흘에 걸쳐 샅샅이 뒤졌음에도 불구하고 아무것도 건질 수 없었다.

사라진 이들의 시신은커녕 그들이 입고 있던 옷가지와 무기조차 발견되지 않았던 것이다.

그래서인지 시신이 이 정도로 완벽하게 사라졌다면 삼매진화 이외에는 방법이 없다는 주장들이 나오기 시작했다.

삼매진화는 화경 이상에서만 발휘가 된다.

여기까지 생각이 미친 이들의 시선이 가장 먼저 향한 곳은 부교주전에서 수련을 담당하고 있던 광마단이었다.

그곳에는 천하제일 살수라 불리는 좌수살왕이 존재했고, 천하 삼대 공적과 십이대 악인까지 몸담고 있었으니까.

곧바로 몰려와 샅샅이 뒤져보자는 이들과 감히 의심을 하는 것이냐는 광마단이 맞서면서 충돌 직전까지 상황이 악화되었다.

다행히 그들 사이로 철마와 파극이 들어서면서 광마단은 수련 장소를 떠난 적이 없다고 주장했다.

반신반의하는 이들에게 철마는 부교주의 명으로 광마단은 수련이 끝나기 이전엔 광마단을 벗어날 수 없는 금제가 내려져 있다는 것을 밝혔다.

그것으로 간신히 광마단을 향한 의심은 풀렸다.

대신 그 직후 사람들의 의심 어린 시선이 향한 곳은……

"저 새끼들 눈깔을 다 파 버릴까?"

유랑의 거친 말에 이 형이 고개를 내저었다.

"교주나 부교주가 좋아하지 않을 걸."

"그 새끼들이 좋아하지 않는 게 나랑 무슨 상관인데!"

"그 둘이 널 싫어하면 내가 속상할 테니까."

이 형의 답에 잠시 멈칫한 유랑이 투덜거렸다.

"그렇다고 저 따위 눈으로 날 바라보는 걸 계속 참으라고?"

"그건 나도 참기 힘드니 해결책을 찾아봐야지."

"어떻게?"

"일단 호교존자를 만나 볼게. 그가 교주의 명으로 본성에 돌아왔다니 도움을 청해 봐야지."

호교존자가 돌아온 이유도 유랑 때문이다. 그가 천마의 이름까지 거론하며 호교존자의 소환을 교주에게 요구한 까닭이었으니까.

"그 새끼를 부른 이유는 그게 아니었는데."

투덜거리는 유랑의 손을 다독이며 이 형이 말했다.

"일단 급한 거부터. 그리고 진짜 이유는 교주와 부교주가 돌아온 다음에. 그 정도는 해 줄 수 있지?"

이 형의 부탁에 그를 빤히 바라보던 유랑이 말했다.

"새끼, 조금만 못생겼어도…… 알았어!"

투덜거리는 유랑의 모습에 이 형은 빙긋이 웃었다.

내 집을 지켜다오! 〈287〉

사람들은 그 말을 듣고도 웃느냐고 물을지 모르지만 지금도 장족의 발전이었다.

 처음엔 '나보다 조금만 약했어도'가 양보의 이유였으니까.

 여하간 그보다는 조금은 더 가까이 다가온 듯한 유랑의 말에 기꺼워하며 이 형이 혈검대주에게 유랑을 부탁하고는 호교존자를 찾아 움직였다.

* * *

"어서 오세요. 수석장로님."

 본성으로 돌아온 첫날, 철마의 소개로 인사를 나누었던 호교존자의 반가운 환대에 이 형이 미소 지었다.

"굴러온 돌을 이리 반가이 맞아 주니 고맙소."

"어찌 그리 말씀하십니까? 제가 알기로 수석장로께서는 공식적인 계통을 밟아 정당한 방법으로 명교인이 되신 것으로 압니다. 자신감을 가지셔도 될 일입니다."

"그렇소? 하면 그렇게 되도록 노력해 보리다."

 선선히 웃는 이 형의 모습에 마주 미소 지은 호교존자가 자리를 권하고 차를 내었다.

"환담도 좋지만 그리 한가한 분이 아니시니 아마 찾아오신 이유가 있으시겠지요?"

호교존자의 물음에 이 형이 고개를 끄덕였다.

"요사이 교내의 분위기가 심상치 않소."

"교련전의 흉사 말씀이시군요. 저도 이야길 듣고 걱정하고 있었습니다."

"그것도 문제지만 그것으로 파생된 분란이 적지 않소."

"교내에 퍼지고 있는 불안과 불만들을 말씀하시는 것이군요."

"맞소. 철마와 파극이 노력을 해서 최악의 상황으로 치닫는 것을 간신히 막고 있기는 하지만 그것도 상황이 여의치 않소."

이 형의 우려가 기우는 아니다.

단지 유량에 대한 의심만이 문제가 아니었기 때문이다.

현재 적군의 분노가 하늘을 찌를 듯 높았다.

처음부터 다른 곳은 생각도 않고, 그들 사이에서 흉수를 찾았던 배신감이 컸기 때문이다.

더구나 그 이후에도 그들을 향한 불신의 눈초리는 현재까지 이어져 그 분노에 기름을 붓고 있었다.

뿐인가, 똑같은 불신과 의심이 광마단으로 쏟아졌다.

철마와 파극의 적극적인 해명으로 간신히 해결했다지만 광마단이 이번 일로 쌓은 태산처럼 높았다.

아마도 야율한이 발동해 두었던 청안의 제약만 아니었

다면 명교 내에서 피보라가 일어도 이상할 것이 없었을 정도의 분노가 광마단에 팽배했던 것이다.

왜 아닐까, 그들은 애초부터 무언가를 참는 사람들이 아니었기 때문이다.

달리 천하 삼대 공적과 십이대 악인으로 불렸던 것이 아니니까.

그렇게 출신에 의한 분란만 있었던 것도 아니다.

종래엔 명군과 마군 내에서도 서로를 불신하는 일들이 마구 생겨나고 있었으니까.

적군이나 광마단 만큼은 아니었어도 본래 명교의 무인들이 올바르게 살아오던 이들은 아니었음은 그들 스스로가 더 잘 알고 있었던 것이다.

그러니 살인을 취미 삼아 벌였던 자들부터 의심의 선상에 가장 먼저 올랐던 것이다.

제아무리 지난 행실이 나쁜 이들도 나름 어렵게 개과천선하려 노력하고 있는데 옆구리를 들쑤시면 부아가 치미는 법이다.

그들도 애초에 참을성이 적은 이들이니 그 불만이 곧바로 사달로 터져 나오는 것은 어쩌면 당연한 일이었다.

아직 죽고, 죽이는 최악의 사태까지는 벌어지지 않고 있었지만 명교 무인들 간에 칼부림이 벌어지는 횟수가 부쩍 증가하고 있었던 것이다.

그걸 본성에 기거하는 교령들로부터 보고받아 잘 알고 있던 호교존자가 고개를 끄덕였다.

그런 호교존자에게 이 형이 물었다.

"방도가 없겠소?"

"제가 무인들의 일에 어찌 힘을 쓰겠습니까?"

난감한 표정인 호교존자에게 이 형이 말을 이었다.

"명색이 명교의 삼인자 아니오?"

그랬다.

명교의 직책상, 교주와 부교주 다음이 바로 호교존자다.

수석장로조차 직제로는 호교존자의 아래인 것이다.

그리고 그것이 이 형이 호교존자를 찾아온 이유였다.

"직제가 그렇다 하나, 호교존자가 무인들의 일에 나선 전례가 없습니다. 전례를 깨는 것이 자칫 더 큰 혼란과 분란만 가져오지 않을까, 저는 두렵습니다."

"그렇다고 두고만 보실 요량이시오?"

"광동에 나가 있는 교령에게 전서를 보냈습니다. 서둘러 해남으로 들어가 교주님을 찾으라고 말입니다."

호교존자의 답에 이 형이 걱정스레 물었다.

"지금 시절에 해남검문으로 들어간다는 것은 위험하지 않겠소?"

"지금은 일신상의 위험 때문에 머뭇거릴 시기는 아니

니까요."

"그렇긴 하오만······."

뒷말을 흐리는 이 형을 호교존자가 물끄러미 바라봤다.

교주와 부교주가 데려오고, 정식 절차를 밟아 공식적으로 인정받은 명교의 무인.

단숨에 수석장로의 자리에 올랐고, 명교 내에서 조심스럽게 흘러 다니는 소문대로면 교주와 부교주의 합공을 막아 낸 불세출의 고수.

하지만 호교존자의 눈에 비친 이 형이란 자는 흔한 시골 서생 같아 보였다.

'강호에서 업신여기지 말아야 할 이들이 나이 어린 사람과 여인이라 했던가?'

젊은 모습 뒤에 숨은 고수들이 많아서였고, 여인들 중 상당한 실력자도 다수였기 때문에 만들어진 말이다.

하지만 가장 치명적인 인물은 '백면서생'처럼 보이는 이들이다.

간혹 하늘을 뒤덮는 실력을 감추고 유유자적하는 전대의 고수들이 딱 백면서생처럼 생겼기 때문이다.

그래서 무림엔 '강호를 제집 앞마당처럼 편안히 홀로 다니는 백면서생은 건드리지 않는 것이 신상에 이롭다'라는 말이 있는 것이다.

아마도 이 형이란 사람이 딱 그런 자가 아닌가 싶었다.
해서 호교존자가 물었다.

"직접 나서실 생각은 없으신 겝니까?"

"내가 말이오?"

"수석장로십니다. 제게 삼인자라 하셨던 대로면 사인자 이십니다."

"하하하, 사인자라. 그리 듣고 보니 어깨가 갑자기 무거워지는구려."

"나서신다면 제가 돕겠습니다."

호교존자의 기대 어린 말에 이 형이 고개를 가로저었다.

"다른 때였다면 아마도 나설 수 있었겠지만 이번엔 아니구려."

"어째서입니까?"

"몰라서 묻는 것은 아닐 테고."

"외부출신 인사들에 대한 불신을 걱정하신다면 수석장로께선 교주님과 부교주께서 직접 인정하신 정통성을 내세우시면 되시지 않겠습니까?"

"그걸 쓸 수 없으니 나설 수 없다고 하는 것이오."

"왜 쓸 수 없다 하십니까?"

고개를 갸웃거리는 호교존자에게 이 형이 답했다.

"이미 불신이 팽배한 시점에 그 불신의 중심에 서 있는 외부출신이, 교주와 부교주의 이름을 팔며 호가호위하려

한다면 저들이 어찌 나오겠소?"

"대항하리라 보십니까?"

"교주나 부교주가 교내에 머물고 있다면 언감생심, 장난으로라도 생각지 않겠지만 지금은 그들이 없소. 얼마든지 다른 생각을 할 수 있다고 보오."

"설마요!"

"멀리 있는 법보다 가까이 있는 주먹이 더 편한 이들이 아니겠소."

"그들의 주먹으로 어찌할 수 없는 분이라 들었습니다만."

한마디로 반발을 힘으로 찍어 누를 수 있지 않느냐는 물음이었다.

종교지도자조차 이런 물음을 아무렇지 않은 표정으로 던질 수 있다는 것만으로도 이 형의 명교의 성질을 알 수 있었다.

물론 그런 것이나 탓하고 있을 마음도 없었지만.

그래서 이 형은 쓸데없는 말을 꺼내는 대신, 호교존자의 오해를 바로잡는 것에 집중했다.

"존자의 말대로 힘으로 찍어 누르는 것은 일도 아니오. 솔직히 내겐 가장 쉬운 방법이니까."

"한데 어찌 망설이십니까?"

여전히 이해가 가지 않는다는 표정인 호교존자의 물음

에 이 형이 답했다.

"교주와 부교주의 이름을 팔며 내가 나서고 저들이 그럼에도 반발한다면. 나는 존자의 말대로 힘으로 제압할 것이오. 그 뒤엔 어찌 될 거 같소?"

"제압하는 것으로 문제가 해결되지 않는다고 보시는 것입니까?"

"당연히!"

"어찌해서 그렇습니까?"

"그들을 누른다고 흉수가 잡힌 것은 아니기 때문이오. 그리고 또 하나, 교주와 부교주가 귀환한 후엔 제압된 이들은 어찌 될 것 같소?"

이 형의 물음에 잠시 생각해 보던 호교존자의 눈이 커졌다.

비로소 이 형이 하고자 하는 말의 뜻을 알아차렸기 때문이다.

"바, 반란!"

"맞소. 교주와 부교주의 이름을 앞세운 내게 반했소. 빼도 박도 못하는 반란이지. 그들은 절대로 살아남을 수 없소. 귀찮은 일을 벌이긴 했소만, 그렇다고 그게 죽을죄는 아니질 않겠소."

반란으로 몰려 죽는 걸 걱정하는 이 형의 말에 호교존자가 조심스럽게 물었다.

내 집을 지켜다오! 〈295〉

"하면 교주님과 부교주님의 이름을 팔지 않으면요?"

"저들이 내게 달려들기 더 편해지겠지. 아마 싸움으로 시작해서 싸움으로 지는 날들이 계속될 거요. 그 혼란이 지금보다 낫다고 생각되진 않소만."

이 형의 답에 호교존자도 어두운 표정으로 고개를 끄덕일 수밖에 없었다.

"난감한 상황이군요."

"그러니 내가 곤란해 할 걸 알면서도 존자에게 달려왔지 않겠소."

"수석장로께서도 나서지 못하고, 앞서 설명 드린 이유로 저도 나설 수 없으니 이를 어찌하면 좋겠습니까?"

걱정 어린 호교존자의 물음에 이 형은 답을 할 수 없었다.

그렇게 아무것도 얻지 못한 채 교주의 거처로 돌아가던 이 형의 걸음이 빨라졌다.

서각에서 상당히 불안정한 기파가 대량으로 느껴졌기 때문이다.

* * *

이 형이 달려갔을 때 서각의 정문은 철마와 파극이 가로막고 있었다.

그런 그 둘의 앞에 수십 명의 무인이 흉흉한 기세로 몰려와 무언가를 내놓으라며 외쳐댔다.

"무슨 일이야?"

이 형의 물음에 파극이 서둘러 그를 데리고 서각 안으로 들어갔다.

그렇게 들어선 서각 안마당엔 자신들의 애병에다 창, 거기다 수십 자루의 비도까지 착용한 중무장 상태의 한도혈과 섬광혈이 보였다.

일상적이지 않은 그들의 모습에 이 형이 무겁게 내려앉은 음성으로 물었다.

"무슨 일인가?"

거듭된 이 형의 물음에 파극이 난감한 표정으로 답했다.

"자리를 비우신 동안에 사건이 벌어졌습니다."

"사건?"

"일부 겁 없는 놈들이 교주님 거처를 지나며 유랑 소저에 대한 험담을……."

"설마 유랑이 튀어나간 건 아니지?"

대번에 상황을 유추해 내는 이 형에게 파극이 설명을 이었다.

"다행히 죽이지는 않았습니다. 팔과 다리가 부러지긴 했지만 요양을 하면 나아질 테니까요."

"그럼 저들은……?"

"부상당한 이들의 동료들입니다. 아시겠지만 유랑 소저는 명교의 무인이 아닙니다. 명교의 무인이 아닌 사람이, 명교 무인을 상하게 하였으니 그냥 있으면 저들에겐 치욕이 될 겁니다."

난감한 표정인 파극의 답으로 지금의 상황을 이해한 이 형이 물었다.

"그녀는 어디에 있지? 그리고 혈검대주는? 그는 왜 안 보이나?"

"혈검대주는 그 일을 말리다 상당한 부상을 입어, 지금 청의단으로 보냈습니다."

"설마 그도 그녀의 손에……?"

"유랑 소저, 화나니 무섭더군요."

"흐음……."

무거운 신음을 흘리는 이 형에게 파극이 서둘러 말을 이었다.

"그래도 부상당한 혈검대주가 서둘러 이쪽으로 모신 덕에 더 큰 사고는 막았습니다."

"유랑이 이곳에 있다는 소린가?"

"예. 서각 아씨들과 함께 계십니다."

파극이 서각 아씨라고 부를 사람들은 남궁희연과 설인화 뿐이다.

요사이 셋이 어울리더니 어려운 시기에 힘이 되어 주고 있는 모양이었다.

고마운 시선으로 서각 내에 위치한 전각을 바라보는 이 형에게 파극이 재빨리 말을 이었다.

"문제는 이흡니다."

"이후?"

"예. 지금 당장은 서각의 의미 때문에 저리 막혀 있지만 오래 막진 못할 겁니다."

"설마 서각의 담장을 넘을 거란 말인가?"

명교에서 교주와 부교주의 위상이 어떠한지, 지난 시간 똑똑히 지켜보았던 이 형으로서는 명교의 무인들이 절대로 서각의 담장만큼은 넘을 수 없을 거라고 생각했던 것이다.

한데 그걸 정면으로 부정하는 말이 파극에게서 나왔으니 놀랄 수밖에 없었다.

그런 이 형에게 파극이 답했다.

"철마의 말로는 이번에 문제가 생긴 이들이 마군의 무인들이랍니다."

"마군이면……."

"아시겠지만 오마도 마군 소속입니다. 화경 이상의 고수가 있다는 소리죠. 그리고 그들은 자존심 하나로 사는 놈들입니다. 그 자존심이 짓밟혔다고 느끼고 있기 때문에 종래엔 물불 안 가릴 거랍니다."

"하면 어쩌란 말인가? 다 때려죽이란 소리야?"

유랑이 연관된 일이었기 때문인지 감정이 실려 말이 거칠어지는 이 형에게 파극이 재빨리 설명을 이었다.

"철마가 수석장로께 교주님과 부교주님을 생각해 달라 청하라 하더군요."

"교주와 부교주를 생각하라…… 하! 족쇄를 요상하게 채우는 재주가 있구나."

"죄송합니다."

고개를 숙이는 파극에게 이 형이 물었다.

"그래서 뭘 어쩌라고?"

"철마는 지금의 상황은 교주님이나 부교주께서 돌아오지 않는 한 해결되지 않을 것이라고 말했습니다."

"그래서?"

"데려오심은 어떠실까요?"

"나보고 해남으로 가라고?"

"어려우실까요?"

"어려울 거야 없겠지만…… 괜찮겠어?"

교주와 부교주가 자리를 비웠다.

한마디로 명교 최강의 고수 둘이 모두 없다는 뜻이다.

그런 상황에서 이 형까지 자리를 비우면, 혹시라도 외부에서 가해지는 공격 상황이 벌어졌을 때 충분히 대처

할 수 있겠냐고 묻는 것이다.

실제로 야율한이 이 형에게 수석장로에 오르도록 권유했던 것도 그런 상황에 대비하는 의미였으니까.

그걸 누구보다 잘 아는 이 형의 걱정에 파극이 답했다.

"철마와 제가 목숨을 걸고 지켜보겠습니다."

"흠……."

파극의 말에도 불구하고 갈등하던 이 형은 담장 밖에서 들려오는 고함소리에 결국 고개를 끄덕였다.

"좋아. 내가 유랑을 데리고 해남을 다녀오지."

이 형은 파극과 철마가 자신을 해남으로 내보내려는 진짜 이유를 정확히 꿰뚫어 보았다.

그런 이 형의 통찰력에 파극이 찬탄을 금치 못했다. 그만큼 이 형의 상황 판단력이 좋다는 이야기였으니까.

그래서였는지 파극은 추가적인 설명이나 해명없이 곧바로 고개를 조아렸다.

"부탁드립니다."

평소보다 깊숙이 고개를 숙여 보이는 파극의 마음을 알아차리기라도 했던지 이 형이 고개를 끄덕이고는 돌아섰다.

"바로 데리고 떠나지. 뒷수습을 부탁하네."

"예. 수석장로님!"

절도 있는 복명과 함께 방금 전보다 더 깊숙이 고개를

숙임으로써 수하의 자세를 취하는 파극의 의도를 이 형은 안다.

그를 내쫓는 형국이었기에 절대로 그런 마음이 아니라는 것을 그 행동으로 보이는 것이다.

그 진심을 알기 때문인지 차갑게 굳어 있던 이 형의 입가로 슬며시 미소가 깃들었다.

'더러운 상황 속에서도 확실히 마음이 완전히 떠나지 않는 특이한 곳이야.'

마음속으로 명교에 대한 간단한 감상평을 되뇐 이 형은 유랑을 불러내 곧바로 명교를 떠났다.

보름을 기다려 본다던 계획과 달리 겨우 나흘 만에 일어난 일이었다.

그렇게 순식간에 사라진 두 사람의 흔적을 서각의 두 아씨들인 남궁희연과 설인화가 걱정스럽게 바라보고 있었다.

* * *

이 형과 유랑 모두가 교주 이상의 능력자들이다.

그러니 그들의 이동속도도 일반적일 수 없었다.

천산의 명교 본성을 떠난 지 반나절 만에 광동의 뢰주에 모습을 드러낸 그 두 사람은 곧바로 해남으로 향하는 배를 찾았다.

 하지만 야율한 일행이 겪었던 것과 마찬가지로 누구도 해남으로 가려 하지 않았다.

 수십 곳의 선사와 그보다 더 많은 뱃사람을 만나 사정했지만 결국 해남으로 가는 배를 구하지 못한 이 형이 드넓은 바다를 보며 유랑에게 물었다.

 "경공으로는…… 어렵겠지?"

 이 형의 물음에 유랑이 고개를 저었다.

 "내가 건너와 봐서 아는데, 답설무흔이든, 허공답보든 경공으로 건너기엔 거리가 너무 멀어."

 "뗏목 만들어 볼까?"

 방법이랍시고 제시한 이형의 물음에 유랑이 담담히 답했다.

 "좋겠네. 물고기들 배 채우고."

 가다 침몰해서 물고기 배만 불려줄 거란 뜻임을 이 형도 알아들었다.

 그 탓에 아무 말도 못 한 채 하염없이 바다만 바라보던 두 사람에게 한 어부 노인이 다가왔다.

 "사람들에게 들으니 해남으로 가려 하신다고요?"

 어부 노인의 물음에 돌아선 이 형이 고개를 끄덕였다.

 "그렇소만."

 "사람들 이야길 들으니 명교 분이시라고……."

의심스러운 표정으로 말을 하다말고, 이 형의 앞섶에 수놓아진 성화령 문양을 확인한 어부 노인의 표정이 밝아졌다.

"아이고 명교 분이 맞으시네요. 저도 명교의 교도랍니다. 여기 이렇게……."

어색하게 웃으며 내밀어 보이는 노인의 앞섶에도 성화령 문양이 달려 있었다.

한데 원래 옷감에 수놓아진 것이 아니라 다른 천 조각에 수놓아진 것을 자신의 옷에 덧대어 꿰맨 것이다.

사실 그 성화령 천 조각은 해남에 태워다준 것이 고마웠던 야율한이 자신의 앞섶을 뜯어 건넨 것이었다.

노인은 금은보화보다 그것을 받은 걸 더 기뻐했다.

그래서 노인은 뢰주로 돌아오자마자 자신의 앞섶에 그걸 자랑스럽게 꿰매 달았던 것이다.

사실 그것은 명교의 규칙 위반이었다. 일반 교도는 옷에 성화령을 수놓을 수 없었으니까.

그럼에도 어부 노인이 그렇게 앞섶에 성화령이 수놓아진 천을 달 수 있었던 것은, 뢰주에서 명교의 포교를 담당하는 교령이 노인의 이야기를 듣고는 고개를 끄덕인 덕이었다.

한 본성 무인이 건넨 고마움의 표시를 구태여 막을 필요가 없다고 생각했던 것이다.

그런 새새한 속내는 알지 못 했지만 이 형은 그 성화령이 새겨진 천이 야율한이 즐겨 입는 무복의 색과 같다는 것을 알아봤다.

하긴 명교 무인들이 명예로 아는 성화령의 표식을 저렇게 통째로 뜯어 줄 정도의 사람은 명교에서 부교주가 유일할 테니까.

대강의 사정을 간파한 이 형의 생각을 알지 못했던 어부 노인은, 오해가 생기기 전에 재빨리 성화령을 얻은 이유를 설명했다.

"며칠 전에 이곳에서 본성의 무사님들을 해남으로 모셔다 드렸었죠. 그게 고마우셨던지 이걸 주시며 달아도 좋다고 하셔서. 아하하하."

늙은 나이에 주책이라 말할까 걱정이었는지 겸연쩍어하는 어부 노인에게 이 형이 엄지손가락을 치켜세워 보였다.

"멋지구려. 마치 처음부터 노인의 것인 듯 잘 어울리오."

이 형의 말이 기뻤던지 어색했던 노인의 웃음은 이내 박장대소로 바뀌었다.

"푸하하하. 역시 이리 화통하시니 무사님도 본성에서 오신 분이 정녕 맞으신 듯합니다. 이렇게 한 가족이 만났으니 제 배가 작다 걱정하지 않으신다면 해남으로 모셔다드리겠습니다."

어부 노인의 말에 이 형의 입가로 미소가 깃들었다.

"그리 해 준다면 정녕 고맙겠소이다."

정중한 포권까지 받은 어부 노인은 꽤나 즐거운 모양이었다.

하긴 광동의 촌부가 본성의 쟁쟁한 무인들에게 이리 연속적으로 대접을 받았으니 어찌 기쁘지 않을까.

아마 먼저 실어다 준 이들이 교주와 부교주라는 걸 안다면, 그리고 눈앞의 사람이 수석장로라는 걸 안다면 아마 어부 노인은 기절할지도 몰랐다.

여하간 그런 어부 노인의 배려 덕에 이 형과 유랑은 간신히 뢰주를 떠나 해남으로 향하는 배를 얻을 수 있었다.

애석하게도 그렇게 어부 노인의 배가 뢰주를 떠난 직후, 광동을 담당하는 고위 포령이 뢰주에 도착해 발을 동동 굴렀다.

호교존자의 전서를 받아 서둘러 해남으로 가야 했던 포령이었던 것이다.

하지만 그는 어디서도 배를 구하지 못해 어쩔 줄 몰라 했다.

* * *

뱃길로 뢰주와 해남은 그리 멀지 않았다.

물결이 세거나 조류의 방향이 바뀌는 계절에는 하루가 걸리기도 하지만 요즘은 반나절이면 도달할 정도의 거리였던 것이다.

그 덕에 해가 뉘엿뉘엿 저물어가는 시간에 어부노인의 배가 이전처럼 문창 포구에 닿았다.

이번에도 어서 돌아가라는 이 형의 권유에 어부 노인은 연신 뒤를 돌아보며 배를 빼, 바다로 나아갔다.

밤바다가 거칠다고는 하나 지금의 해남에 머무는 것보다는 안전할 것이란 걸 어부 노인도, 이 형도 알고 있었기 때문이다.

그렇게 어부 노인의 배가 안전한 지역까지 멀어진 것을 확인한 이 형과 유랑이 해남검문이 위치한 여모봉으로 신형을 날렸다.

그때가 막, 만사겁황을 위시한 해남검문의 사람들이 삼아 포구를 통해 해남을 떠나던 시기였다.

이 형과 유랑이 도착한 해남검문은 고요했다.

심지어 한기가 휘몰아칠 정도로 기괴스러울 지경이었다.

오죽하면 이 형이 유랑에게 물었을까?

"여기가 해남검문 맞아? 장의사나 공동묘지 아니고?"

이 형의 물음에 유랑이 커다란 정문 위에 달린 현판을

눈짓으로 가리켰다.

그걸 따라 올려다본 현판엔 일필휘지로 '해남검문'이라 쓰여 있었다.

그걸 확인한 이 형이 헛웃음을 지었다.

"허! 이것 참."

그렇게 좀처럼 믿겨 하지 않는 이 형을 이끌고 유랑이 해남검문 안으로 들어섰다.

* * *

여모봉 일대에 지어진 해남검문의 규모는 가히 중원 최대라 불리는 명교의 본성보다도 컸다.

그 넓은 지역을 천천히 걷던 이 형의 눈빛이 굳었다.

특정한 지역에서 막대한 진기가 흐르는 것을 감지한 것이다.

약간의 차이를 두고 유랑의 시선도 이 형이 바라보는 방향으로 돌려졌다.

그녀도 느낀 것이다.

이 형과 유랑의 눈빛이 마주치고, 이내 두 사람의 신형이 허공 속으로 흩어졌다.

이 형과 유랑이 바람처럼 달려온 곳엔 교주가 전각 하나를 등지고 앉아 가부좌를 틀고 있었다.

그런 교주를 발견한 이 형이 반가운 음성을 토했다.

"교주!"

이곳에서 들을 것이라고 생각해 보지 못했던 이 형의 음성에 놀란 교주가 눈을 뜨고 자리에서 일어섰다.

"이 형!"

"온통 귀기만 가득하고 사람은 코빼기도 보이지 않기에 걱정을 하고 있었는데 이리 무사한 모습을 보니 반가워."

이 형의 말에 교주가 어설피 웃었다.

평소와 달리 어색하기만 한 교주의 웃음에서 무언가 문제가 있다는 것을 직감한 이 형이 물었다.

"부교주한테 문제가 생겼구나!"

직감해 내는 이 형에게 교주가 고개를 끄덕였다.

그런 두 사람의 귀로 유랑의 음성이 들려왔다.

"어! 그 자식의 기운이 왜 여기서 흘러나오지?"

고개를 갸웃거리며 전각으로 들어가려는 유랑을 교주가 가로막았다.

"안 돼!"

"왜?"

"부교주가 안에 있다."

"무슨 소리야. 저 안에 있는 건 혈제라고."

"혈제?"

"그래. 천마 그 자식하고 죽이 맞아서 낄낄거리며 돌아다니는 게 아주 눈꼴 시린 새끼지."

"그 역시 저쪽, 그러니까 신인가?"

교주의 물음에 유랑이 답했다.

"비슷해. 신과 인간의 중간이라고나 할까, 아님 반신이라고나 할까. 아! 네들은 신선이라고 하면 이해가 빠르겠네. 크크 선녀는 없지만 비슷한 세상이니까."

"그럼…… 선계!"

놀라는 교주에게 유랑이 고개를 저어보였다.

"선계라니 우습지도 않지. 거긴 우리조차 올려다보기 까마득히 높은 곳이야. 인간이 함부로 입에 담을 곳이 아니란 소리지."

"신선이라면서! 신선이 사는 세상이 선계가 아니면 무엇인데?"

의아하게 묻는 교주에게 유랑이 고개를 저었다.

"설명해도 몰라. 인간이 이해할 수 있는 세상이 아니니까."

무시하는 듯한 유랑의 말에 욱할 법도 하건만 교주는 웬일인지 그러려니 하며 신경을 꺼 버렸다.

하긴 그에게 지금 중요한 건 신선이나 선계 따위가 아니었으니까.

그렇게 지금 당장 중요한 부분을 교주가 물었다.

"그래서 지금 저 안에 흐르는 기운이 혈제인지 뭔지 하는 새끼 거란 말이지?"

교주의 물음에 유랑의 고개가 끄덕여졌다.

"맞아. 아주 재수 없는 새끼의 기운이지. 하지만 그 새끼는 스스로 묶어 둔 제약으로 인해 아무 때나 현세로 현신할 수 없을 텐데."

유랑의 답에 교주가 조심스럽게 물었다.

"제약?"

"웃긴 새끼지. 지가 머물던 현세의 후손에게 문제가 생겨야만 영향을 끼칠 수 있다는 제약을 스스로에게 걸었다니까. 진짜 재수 없지?"

그게 왜 재수 없는 것인지 알 수 없었지만 교주는 그냥 고개를 끄덕였다.

지금 중요한 것은 그 혈제란 작자의 기운이 야율한에게 해가 될지 아니면 득이 될지 알아내는 것이 먼저였기 때문이다.

"그래서? 그 혈제란 자가 머물던 현세의 후손이 누군데?"

"말했잖아. 천마 새끼하고 죽고 못 사는 놈이었다고."

"그러니까 그 혈제란 자의 후손이 누구냐니까!"

슬쩍 목소리가 높아지는 교주에게 유랑이 시큰둥하니 답했다.

"몰라서 물어. 천마 새끼가 곁을 내줄게 네들뿐이 더 있어?"

"뭐?"

"명교 새끼라고. 아! 혈제가 아니라 혈마라고 하면 네들이 이해하기 빠르려나."

시큰둥한 유랑의 답에 교주의 눈이 커졌다.

만약 지금 야율한에게 흐르는 기운이 정말로 혈마의 것이라면······.

순간 교주는 야율한에게서 나왔지만 절대로 그의 것이 아니었던 목소리를 떠올렸다.

〈자신보다 인연을 더 소중히 여기는 아이야. 보름이니라. 그동안 너는 죽음에서 건너온, 과거의 아이를 무슨 수를 동원해서라도 지켜야 할 것이다.〉

만약 그게 이대 교주인 혈마의 음성이라면!

군사와 함께 찾아냈던 안배.

'죽음에서 건너온 과거의 아이'가 자신의 사제인 야율한이 되는 것이다.

혈마가 왜 그를 그렇게 불렀는지는 중요한 게 아니었다.

"보름. 보름간 이곳을 지켜야 해!"

"무슨 소리야? 보름이라니."

이 형의 물음에 교주는 자신이 보고 들었던 내용을 그래도 털어놓았다.

이 형의 곁에서 자신의 말을 듣고 있는 유랑이 도움이 될 만한 이야기를 해 주길 바라면서.

그래서인지 이야기는 이 형에게 하고 있었지만 교주의 시선은 유랑에게 붙박여 있었다.

그런 교주의 마음을 알아차렸던가, 모든 걸 들은 이 형이 교주 대신 유랑에게 물었다.

"어떻게 생각해?"

"뭐가?"

"부교주 말이야."

"혈제 새끼가 기다리라고 했으면 기다려야겠지. 근데 보름 가지고 되려나. 재물도 없이 그 새끼 능력을 현세로 전이시키려는 것 같은데 보름? 어려울 건데."

"강대한가?"

은근히 기대 어린 교주의 물음에 유랑이 피식 웃었다.

"제까짓 게 강대해 봤자지."

유랑의 비웃음에 실망하는 교주가 안 되어 보였던지 이 형이 물었다.

"그럼 보름으로 안 된다는 건 무슨 뜻인데?"

"내겐 별것 아니지만 네들한테는 아니니까. 더구나 기

내 집을 지켜다오! 〈313〉

존에 가지고 있던 능력이 있으니까, 아마 혈제 새끼가 가진 능력의 십분지 일만 옮겨 받아도 천하무적일걸. 어! 그러고 보면 당신도 위험하겠는데. 저저 그냥 죽일까?"

'우리 밥 먹을까'처럼 아무것도 아닌 듯 묻는 유랑에게 이 형이 쓰게 웃어 보였다.

"한 식구한테 그런 농담은 하는 거 아니야."

"농담? 나 농담 아닌데."

유랑의 말에 이 형이 고개를 가로저었다.

"농담이어야 해."

"왜?"

"내가 좋아하는 친구니까."

이 형의 답에 유랑의 눈썹이 확 치솟아 올랐다.

"그럼 죽여야지! 당신은 나 말고 아무도 좋아하면 안 돼!"

그 말과 함께 살기마저 내보이는 유랑에게 교주의 면박이 날아들었다.

"이건 애도 아니고, 뭔 소린 줄 구별도 못 해! 남자가 여자 좋아하듯 좋아한다는 말이 아니잖아!"

"그래?"

"그래!"

교주의 답에 쓰게 웃는 이 형이 고개를 끄덕이자, 유랑이 다시 교주를 바라보며 물었다.

"그럼 어떻게 좋아한다는 건데?"

"사내가 사내를 좋아하는 건 하나뿐이지."

"그게 뭔데?"

"우정."

"우정?"

"그래. 친구라잖아."

교주의 답에 유랑은 남녀의 연모와 남자끼리의 우정이 갖는 차이를 이해해 보려 노력하는 듯 보였다.

하지만 잘게 부서지듯 남은 몸의 기억과 본체의 부족한 현세의 지식으로는 두 가지를 완벽하게 구분하는 것엔 결국 실패했다.

그걸 유랑의 눈빛에서 알아차린 이 형이 말했다.

"간단해. 이 세상에서 내가 연모하는 것은 너뿐이란 뜻이니까."

"그럼 저 방 안에 있는 부교주 새끼는?"

"남은 인생을 걸어 함께 해 볼 만한 친구지."

"남은 인생을 걸어? 저 자식한테."

"날 식구라 불러준 첫 번째 사람이니까."

그게 무슨 의민지 이해해 보려 노력하는 유랑을 이 형이 부드러운 눈빛으로 바라봤다.

한참을 노력했음에도 결국 이해에 실패한 유랑은 그럼에도 상관없었다.

자신을 그윽하게 바라보는 이 형의 눈빛만으로도 좋았으니까.

그래서였을까, 유랑은 세상 간편한 방법을 택했다.

"뭐, 네가 그렇다면 그런 거겠지."

자신을 이처럼 전적으로 믿어 주는 유랑이 예뻐 보였던지 교주가 앞에 있다는 사실도 잊은 이 형이 그녀를 꼭 끌어안았다.

그 모습이 눈꼴 시렸던지 교주가 투덜거렸다.

"왜? 아예 이불 펴주랴!"

교주가 그렇게 농담을 던질 수 있을 정도로 여유를 되찾은 것은 직전에 했던 유랑의 말 때문이었다.

〈어! 그러고 보면 당신도 위험하겠는데.〉

그러니까 이 형을 이길 정도의 힘을 야율한이 갖게 될 거란 뜻이었으니까.

자신이 강해지는 것도 아니건만 그 말뜻을 이해한 뒤로 교주는 걱정을 털어 버릴 수 있었던 것이다.

무림인에게 있어 한 단계 더 높은 깨달음을 얻기 위해서 보름 정도의 정진은 아무것도 아니었으니까.

그러니 지금도 야율한은 더 높은 곳을 향해 나아가고 있는 중이라고 생각했던 것이다.

그 취약한 순간을 지켜 주기만 하면 된다고 말이다.

그러니 세상 모두가 적으로 돌변해 몰려와도 교주는 절대로 보름간은 이곳에서 물러나지 않을 각오를 다졌다.

그런 교주의 다짐을 그의 눈빛에서 읽어 낸 이 형의 표정이 굳었다.

명교의 형편상, 지금 당장 교주가 필요했기 때문이다.

그랬기에 교주의 각오를 느끼면서도 이 형은 사정 이야기를 할 수밖에 없었다.

"아무래도 천산으로 빨리 가 봐야 할 거 같아."

"누구, 나?"

"그래. 교주, 너."

"지금까지 뭘 들은 거야? 보름간은 여길 지켜야 한다니까. 하늘이 무너져도 못 가. 아니 안 가!"

단호한 교주의 말에 난감한 표정의 이 형이 지난 며칠간 명교에서 벌어졌던 일들을 설명하기 시작했다.

놀라기도 하고, 때론 화를 내기도 하며 이 형의 설명을 모두 들은 교주는 그럼에도 의외로 단호했다.

"그래도 못 가!"

"명교가 자칫 환란에 휩싸일 수도 있다니까!"

"환란이 아니라 망해도 안 가!"

"그 많은 이의 운명이 네 사제 한 사람의 목숨보다 못하다는 소리야?"

왠지 화가 난 듯한 이 형의 물음에, 교주는 생각할 것도 없다는 듯이 답했다.

"당연하지!"

"그게 무슨 말 같지 않은 소리야! 일문의 교주가 어찌 그리 무책임해!"

"나 무책임한 거, 우리 애들도 다 알아. 그러니 내가 여기서 계속 버티고 있겠다고 해서 서운해 할 놈들도 아니고."

"그렇다고 교가 위험한 걸 알면서도 방치하겠단 말이야?"

"방치하는 게 아니라 못 가는 거라고 했잖아. 사정도 다 아는 놈이 왜 그따위 소리야!"

짜증까지 내는 교주에게 이 형은 뜻밖의 말을 꺼냈다.

"내 집이니까!"

그런 이 형의 말에 눈을 동그랗게 뜬 교주가 멍하니 바라볼 뿐이었다.

그렇게 놀란 교주에게 이 형이 말했다.

"여긴 내가 지킬게. 내 시체를 밟고 지나가기 전엔 누구도 저 안으로 들어가지 못하게 할 테니까. 교주는 가! 가서 너랑 내 집을 지켜. 부탁한다."

이 형의 말에도 선뜻 결정하지 못하고 망설이는 교주와 간절한 눈빛인 이 형을 번갈아 바라보던 유랑이 나섰다.

"나도 지킬게. 물론 난 저 안에 있는 네 사제가 아니라 이 사람을 지킬 거야. 하지만 그게 그거겠지. 저 사람은 네 사제를 지킨다니까."

한마디로 유랑을 무너트리지 않고서는 이 형에게 닿지 못할 것이고, 이 형이 쓰러지기 전에는 야율한에게 손끝 하나 대지 못한다는 소리다.

당금 천하에서 가장 강한 무력을 가진 것으로 판단되는 두 사람이 하는 말이었다.

그것에 갈등하는 교주에게 이 형이 힘주어 말했다.

"부탁, 한다!"

자신의 명교를 이 형이 부탁하고 있었다.

그것이 어이없으면서도 왠지 가슴 밑바닥에서부터 무언가가 뭉클 올라오는 것을 느낀 교주가 애써 그 느낌을 뿌리치며 답했다.

(마교 부교주가 사는 법 13권에서 계속)

환상이 숨쉬는 공간 파피루스 blog.naver.com/gnpd17

천재 작가 겸 배우, 이곳에 강림!

사고로 인해 배우의 꿈을 접어야 했던
대한민국 유일 흥행 보증수표 작가, 백강림

어느 날 붉은 별똥별에 소원을 빌고
배우 지망생, 유현림의 몸에 빙의하게 되는데

'못다 이룬 네 꿈, 내가 이뤄 주마!'
'그게 너와 나의 약속이다.'

**다시금 꽃피기 시작한 청춘의 꿈
천금과도 같은 대본과 압도적인 연기로
국보급 스타로 거듭날 유현림의 2막을 주목하라!**

글소리 현대판타지 장편소설

천재배우 강림